集英社オレンジ文庫

カフェ古街(こまち)のウソつきな魔法使い

なくした物語の続き、はじめます

新樫 樹

本書は書き下ろしです。

Cafe
Komachi's
Special

カフェ古街(こまち)の
ウソつきな
魔法使い
なくした物語の続き、
はじめます
新樫　樹
Itsuki Arakashi

1 ペパーミントとレモンバーベナのブレンドティー

店内で流す曲は好きなのを選んでいいよと言われているから、万結(まゆ)はいつもギターのインストゥルメンタルをかけている。

万結が働く『カフェ古街(こまち)』はハーブを使ったお茶や料理を出している。看板には店名の下に小さくハーブカフェと書いてある。縞田(しまだ)市の駅前商店街から一本小路を入った、昔ながらの家々が並ぶ一角。涼しげに揺れる月桂樹(げっけいじゅ)が目印のログハウス調の店だ。

バイトの子たちはピアノの方が好きらしいけれど万結はギターが好きだ。前にお客さんにそう話したら、ピアノの音に癒(いや)されるのが女性脳でギターの音に癒されるのが男性脳だという豆知識を教えてくれた。それ以来デッキにCDを入れるたびになんとなく思い出す。同時にピアノ好きの厳(いか)ついオーナーが頭に浮かび、豆知識を信じるなら、あのプロレスラーのような人が女性脳ということになるのかと思わず笑みが込み上げる。

庭に面した大きな窓からは、よく晴れた空が青く広がって見えた。

縞田市は東京から新幹線で約二時間、そこからローカル線に乗り換えて一時間ほどの、日本海とスキー場のある山とに挟まれた街。冬は雪が多く、夏は湿度も気温も高い縞田市だが、春はとても過ごしやすく美しい。中心街から車で十分も走れば、青々とした田園風景が広がり花々が咲き乱れ、深呼吸したくなる心地良い風が吹き渡る。

少し考えて、古い映画音楽をメインにした日本のギタリストのアルバムを選んでデッキに入れた。常連の老夫婦が気に入っているものだ。ゴールデンウィークの混雑を避けていたらしく、しばらく顔を見ることができなかったが今日は来てくれるような気がしていた。

ふたりが『カフェ古街』の常連になったのは、数年前に駅前商店街で営んでいた輸入雑貨の店を息子夫婦に譲り隠居生活を送るようになってから。

初めて店に来たとき、以前から気になっていたけれど忙しくて来られなかったのだと話してくれた。最近疲れが抜けないと言うふたりに、万結はハイビスカスとローズヒップのブレンドティーをすすめた。酸味が特徴のすっきりとした赤いお茶は疲労回復の効果が高い。

「まぁ、きれいでおいしいお茶ね」

「ほんとうだね。これはいい」

夫妻はとても喜んでくれ、それ以来、週に二回ほどのペースで来店してくれるようになった。いつもカウンターの席に並んで座って、万結がハーブティーを淹れたりケーキを盛り付けたりするのを眺めながら、とりとめのない話をしていく。

万結がふたりの来店を心待ちにするようになるまで、そう時間はかからなかった。

互いを見つめる目はいつも穏やかで温かい。そして、嘘がない。結婚など自分の人生にはないだろうとわかっているのに、こんなふうに静かに一緒に歳をとっていける誰かと出会う未来をほんの少し思い描かせてくれる。

それは万結にとって、優しくて美しいおとぎ話の世界を見ているようだった。

「おはよう。万結ちゃん」

開店準備をほぼ終えたところでドアのベルが鳴った。同時に珍しく元気のない声がする。

オーナーの源助だ。

「おはようございます、ゲンさん。今日は遅いのね」

ケーキスタンドにテイクアウト用のフィナンシェとマドレーヌを並べながら、声だけで挨拶を返すと。

「万結ちゃん、ハーブティーちょうだい。……ちょっと風邪ひいちゃってね」

思わず手を止めて顔を上げる。

ザザザ……。

嫌なノイズが源助の声に重なって聞こえた。両肩からほの赤いもやが見える。間違いない。嘘をついている。

万結には不思議な力がある。

嘘をつく人の声にノイズがまじったり、体から赤いもやが見えたりするのだ。

それを力と呼んでいいのかどうかわからない。

物心ついた頃からそうだった。誰にも話せなかった秘密は、いまは母の百代と父の大輔、姉の千恵、そして叔父の源助がともに支えてくれている。

「大丈夫ですか？　ずいぶん気分が悪そう」

「うん……まいったよ」

ぐったりとカウンターのスツールに腰を下ろすのを見ながら、さて、と考えを巡らせる。

めったに嘘をつかない源助が嘘をつく理由はたぶんひとつしかない。お酒だ。若い頃は酒豪でならした源助も最近は急に酒に弱くなり、何度か手痛い失敗をしている。

万結の母であり源助の姉である百代は今は北海道に住んでいて、遠く離れて暮らしているいまだに独り者の弟をひどく心配してよく電話してきた。早くに両親を亡くし、支え合って生きてきたこともあって、万結から見てもこの姉弟は心の深いところで思い合っているのがわかる。だからだろう。この歳になっても源助は百代に頭が上がらないところがある。

『独身貴族なんて言葉はもう流行らないのよ。歳も歳なんだから体を大事にしてちょうだい。そっちには千恵も万結もいるけれど、いざというときにそばにいるかどうかわからないんですからね。いい？　お酒はくれぐれも控えてよ』

おそらくそんなことを言っているのだろう電話のそばに、たまたま万結もいた。がっしりとした筋肉質の大きな体を縮めて電話の向こうの見えない百代に向かって、まいったなぁわかったよと子どものような返事をしていた源助の姿を思い出して苦笑しながら、手早くハーブをちぎってポットに入れた。沸騰した湯を注いでタイマーをセットする。今日はたっぷり三分くらいだろうか。

「はい、どうぞ」

「……ありがとう」

カップを口に運んだ源助の、おや、という顔が、たちまちばつの悪そうな表情に変わった。頭を掻いて万結を見上げる。

「嘘ついて、ごめん。……つい、ね」

ペパーミントとレモンバーベナのブレンドの効能は風邪ではなくて、二日酔いだ。

「どういたしまして」

微笑む万結に源助も頰を緩める。

「はぁ……おいしい」

青かった顔色がほのかに桃色を帯びてきて、万結はほっとした。

源助が姉の千恵と自分を、まるでほんとうの自分の娘のように大切に思ってくれているように、万結にとっても源助は大切な存在だ。

『――俺んとこに来ればいいさ』

大きな手で頭を撫でてくれた日のことを、万結は昨日のことのように覚えている。

卒業後の進路に悩んでいた高校生のときのことだ。

力のせいで人とうまく関われず、友達さえもまともに作れなかった。

幼い頃は、なぜ人の声にノイズが混じるのか、なぜ体から赤いものが立ちのぼるのか、得体の知れない恐怖でいつも怯えていた。しだいにそれが嘘をついているとそうなるのだとわかってきてからは、つかれる嘘をどう受け止めていいのかわからずに傷付き、人を信じる気持ちは擦り切れていった。人は誰でも嘘をつく。それがどんなに他愛ないものであったとしても、万結の耳にはノイズが聞こえて目には赤い不気味な影が見える。

勉強は嫌いじゃない。成績も悪くはない。けれど、大学に行くにしても、どこかに就職をするにしても、自分の力を知らない人ばかりの大きなコミュニティの中で、まともに生活していけるような気がしなかった。

叔父さんに相談してみたら？　それまで何も言わずにただ見守ってくれていた母に言われて、同じ街でカフェを営んでいる源助のところに顔を出したのは、高校二年の夏だった。指定された休業日に店に行くと、源助は冷たいハーブティーを淹れてくれ、じっと万結の話に耳を傾けた。そして深いため息とともに言ったのだった。

『……そりゃあ……そりゃあ……辛かったろうな』

その声には少しもノイズはなく、源助から赤いもやが見えることもなかった。

信じてくれた……。

万結には奇跡のように思えた。

こんな、気持ちの悪い信憑性のない話を、源助は微塵も疑わずに受け入れて、万結に心から同情している。こんなことがあるのかと思った。

『万結ちゃんは小さい頃から、いつもなにかを怖がっているなと思ってた。千恵ちゃんはどんどん人の輪の中に入っていくタイプだったから、なおさらそれが気になってね。よくはわからなかったけど、万結ちゃんには秘密があるんだろうと思ってたよ。でも、俺なんかが思ってたよりもずっと辛い秘密だったな……』

静かに澄んだ声で言ったあと、話してくれてありがとうと源助はまっすぐに万結の目を見て、ニッと笑ってみせた。

『実はさ、店がそろそろ軌道に乗りそうだから、スタッフを入れようかなと思い始めてたんだ。高校卒業したら、俺んとこに来ればいいさ。万結ちゃんみたいな子なら看板娘に大歓迎だ。……まぁ、万結ちゃんが嫌じゃなければだけどね』

源助は両親や姉と同じようにためらうことなく万結に顔を向けた。そして、嘘が筒抜けになってしまうと知っている相手に、なんの躊躇（ちゅうちょ）もなくそばにいていいと言ってくれる。

家族だから、親戚だから、わかってくれる。それだけだとは思えなかった。この人たちは神様からの贈り物だと思った。そして、こんなふうに理解され大切にされて生きていけるのなら、もう他に望むものなど何もないと、あのとき万結は思ったのだ。

店で働くまではほとんど知識のなかったハーブを懸命に覚えたのも、源助の役に立ちたかったからだった。仕事がうまくできるようになるためだけでなく、源助が大切にしているものを万結も大切にできるようになりたかった。

自宅でも、小さなコンテナでハーブを育ててみたり、源助に教えてもらったハーブ料理を作ってみたりお茶を淹れてみたり。ハーバルバスや防虫剤に使ってみたりもした。少しずつ万結の生活の中にハーブが根を下ろしていくにつれて、それが思っていたよりもずっと身近で手軽なものだと気が付いた。万結はどんどん興味をひかれていった。

一度、寝る前にマテを口にしてしまい眠れなくなったことがある。不思議に思って調べてみたら、マテが唯一(ゆいいつ)カフェインを含むハーブと知って驚いた。ハーブはすべてリラックス作用のあるものばかりと思い込んでいたからだ。

万結の失敗談を聞いた源助は、「ね？　ハーブは面白いでしょ？」と言ってそれはうれしそうに笑った。いまでも忘れられない笑顔だ。その笑顔を見たとき、万結は少しだけ、源助に近付けたような気がした。

「うん、元気が出てきたぞ」

からりとした源助の声がしてそちらを見ると、幾分いつもの調子を取り戻した様子でスツールから立ち上がったところだった。カウンターにたたんであったネイビーブルーのビブエプロンを着けて、空になったカップを手に持つ。

「万結ちゃん、今日のきまぐれランチは、チキンとサバの二種類でいくよ。チキンはタイムでサバはローズマリーね。メニュー差し替えておいて」

「わかりました。……あの、グラニテ作ってみたので、時間があるときに味見してもらえますか？」

「おお、了解、了解。姉さんのアップルミントの？」

「はい」

「楽しみだなぁ。ずいぶん久しぶりだよ、食べるの」

グラニテはフランス料理の口直しとして出されることが多く、その場合は糖度を低くした氷菓だけれど、母の百代が作るのは甘く仕上げたデザートの氷菓子だった。源助の大好物のひとつで、この夏からのメニューに加えようと話が出て、レシピを教えてもらっていた万結が試作品を作ってきたのだ。

かき氷と違うところは、ジュース状のものをそのままステンレスのバットなどでカチカチに凍らせて、食べるときにスプーンでかいて食べるところ。この爽やかな冷たい夏のデザートは百代の得意料理のひとつで、凍らせるものは果物でも野菜でもお茶でもほとんどなんでも材料になるけれど、アップルミントとリンゴのジュースで作る百代のグラニテは最高だった。

源助の厳つい顔のなかでふにゃりと目尻が下がる。

商店街の有志で作っている『城町元気会』の会長からは、「お前んとこほど、店構えと店主のツラ構えが嚙み合わねえところはねぇな」といつも笑われているが、若い女性客に源助は意外に人気がある。プロレスラーのような見た目と、相反する優しい口調や笑顔。ギャップ萌えとでもいうのだろうか。人柄を考えてもかなりモテるはずだと思うのに、どうしていまだに独身なのかは、聞いてはいけないエピソードが一つや二つあるような気がしている。もう十二年も一緒に働いているけれど、源助のプライベートはあまりよくわからない。うまい具合に立ち入らせないようにしているせいもあるだろう。鈍感に見えて、そういうところはそつがないし、人の機微に敏感だ。

「まだまだ、母のようにはいかないですよ。あんまり期待しないでくださいね」

ランチのメニューを今日のものに差し替えて、ちょうどの時間にオープンのプレートをドアに出すと、すでに開店を待っていたらしい女の子の二人組が並んでいた。

「いらっしゃいませ。お待たせいたしました。どうぞ」

微笑みながらドアを開けて招き入れると、やや緊張気味な様子できょろきょろと店内を見回している。

「あの、ネット見て来たんですけど、ハーブって食べたことなくて。初めてでも大丈夫ですか？」

「香味野菜が苦手でなければだいたいは召し上がっていただけますよ。よろしければクセの少ないものを試してごらんになりますか？」

ほっとしたようにふたりは頷(うなず)いて、庭に面した席に落ち着いた。

「どちらからおいでですか？」

水を出しながら聞いてみる。

「新中市です」

まだ二十代になったばかりといったふうに見えるふたりは県の中心の市の名前を言った。

この街よりも数倍大きなオシャレな街からの来店に少し驚く。新中市といえば雑誌に載っているようなカフェが軒を連ねているところなのに。駐車場に車はないから、わざわざ一時間以上もかけて、本数も少ない電車で来てくれたのか。

こういうお客さんは何度出会ってもうれしくて胸がぽぅっと熱くなる。来てよかったと、笑って帰っていただかなくてはと腕が鳴る。

「そうですか。ご来店どうもありがとうございます」

感謝の気持ちをこめて微笑んで、メニューを開いて見せた。

どれにする？　どれにする？　と小さな声で囁き合い始めたふたりだったが、すぐに、ええと……とこちらを見上げてきた。

「おすすめってありますか？」

「ハーブティーやゼリーですと、気軽にお試しいただけると思いますよ」

「あの、葉っぱを食べるんじゃないんですか？」

「もちろんそのまま料理に使うこともできますが、香りを楽しむこともできるんですよ」

言いながら、ふとさっきの源助の顔が浮かんだ。

「レモンやミントのフレーバーが苦手でなければ、ペパーミントとレモンバーベナのブレンドティーはいかがでしょうか。さっぱりしていて、気分がとても良くなりますよ。それを気に入っていただけたら、お茶に合う焼き菓子をお持ちしましょうか」

はい。お願いします！　と声が揃ったのを聞いてから、少々お待ちくださいと席を離れると、待っていたように「かわいいし感じいい店だね」と弾んだ声が聞こえてきた。

『カフェ古街』の店内はすべて源助がデザインした。フォトジェニックという言葉を日常生活で意識する人などいなかった時代のものだけれど、いまの若い子にも十分「かわいい」と評判になっている。観賞用に作っている庭のハーブ畑も、来店した人たちは写真を撮るのに夢中になる。そうやって撮られた愛らしいハーブと幸せそうな笑顔は、こうしてまた新しいお客さんを連れてきてくれる。けして商売上手とは言えないサービス精神旺盛なハーブホリックの、唯一と言っていいほどの先見の明だった、というのは城町元気会会長の言葉。今では彼も立派な常連だ。

「あれ？　あの子たちも二日酔い？」

ハーブティーを淹れていたら、後ろから小声で源助が聞いてきた。

「違いますよ。ハーブが初めてだというので、ハーブティーをおすすめしたんです。飲みやすいですし、リフレッシュにはいいブレンドかなと思ったので」

これを飲んでいる源助がとても幸せそうな顔をしていたから、とは言わずにちぎったハーブを入れたポットに熱湯を注ぐ。

「すみません、写真撮ってもいいですかぁ？」

ホールから明るい声がした。

「どうぞ。庭も自由にご覧いただけますよ」

早速、店内の写真を撮りだした女の子たちを眺めながら、万結はふわりとポットからあふれ出した爽やかな香りを深く吸い込んだ。

あの子たちも幸せそうに微笑んでくれるだろうか。おいしいねって言って。

万結は思いながら、楽しそうにおしゃべりする声を聞いていた。ノイズのないクリアな声が、ハーブの香りのなかで心地よかった。

② アップルミントのグラニテ

まだ幼かった頃、たいてい泣いて小学校から帰ってくる万結(まゆ)を、母はいつも「おかえり」と抱きしめてくれた。

「よくがんばってきたね」

そう言って、毎日毎日抱きしめてくれた。

力のことを打ち明ける前だったから、母はたぶん万結がどうしてこんなに怯(おび)えて泣くのかわからなかったに違いない。どうしたのと聞かれたことは何回かあったが、答えることができない万結に母は何か感じるものがあったのだろう。それからは何も聞かずに万結が自分から相談してくるのをじっと待っているようだった。

その代わり担任の先生とよく連絡帳を通してやりとりをして、家での過ごし方を伝えながら学校での様子を訊(たず)ねていた。今思うと、手紙などではなく連絡帳を使ってくれていたのは、母の万結への配慮だったのかもしれない。封筒に入っていて中身の見えない大人同士のやり取りでは、万結が不安に感じることを察してくれていたのだろう。連絡帳ならば万結にも読むことができるし、そのために母は万結が習っていない漢字を使わなかった。万結がどうにか学校生活を乗り切ることができたのは、母の細やかな支えのおかげだった。

帰宅すると手を洗ってすぐにおやつの時間になる。

おやつは、ほぼ母の手作りだった。これもたぶん万結のためだったのではないかと思う。市販品を嫌う家ではなかったし、母も手作りにこだわる人ではない。ただ、小学校に入って辛そうにしている万結を、どうにか応援してあげたいという気持ちの表れだったのだろう。

料理上手の母だけれど、お菓子作りはあまり得意ではない。

「お菓子ってきちんと量るのが大事なのよ。お母さん、どうしてももうちょっと入れた方がおいしくなるんじゃないかしらって思ってしまって、ついつい分量通りにしないものだから、いつも失敗するのよね」

しっかり者に見えてちょっと面白いところがあるんだよなぁ。

父は母のことをそう言っていたが、まさにそういう感じだった。

そんな母が作るおやつは、やっぱりいつもどこか足りなかったり多すぎたり。ただ、ひとつだけびっくりするほどおいしくできあがるものがあって、それが「グラニテ」だった。

自分でも作ってみたくなりレシピを教えてもらったとき、フランス料理に出てくる氷菓なんてよく知っていたねと訊ねたら、母はこともなげに言った。

「あら、知らないわよ。偶然同じだっただけ。これだと作るのも片付けるのも、かき氷やアイスキャンディよりも簡単でしょ。フランスの人もきっとそう思ったのね」

お母さんらしい。そう思ったのを覚えている。

初めて万結が自分の力のことを家族に話したときも、アップルミントのグラニテがそばにあった。

その日は万結にとって散々な日だった。

どんな会話をしていたのかもう覚えていないけれど、学校で嘘ばかりつく子がいて、ひどいノイズで頭が痛くなり、たまらずに「もう嘘つくのやめて」と怒鳴ってしまったのだ。万結がノイズで聞き取れなかったその子の嘘は、きっとどうしてもバレたくなかった嘘だったのだろう。突然、万結に向かって摑みかかってきた。抵抗した万結の手が図らずも相手の頰を叩いてしまい、取っ組み合いの大げんかに発展してしまった。いつもクラスの笑いの中心にいる子が、真っ赤に燃え上がる炎のようなもやを体から立ちのぼらせて「嘘じゃない！　嘘じゃない！」とノイズの混じった震える声で言いながら向かってくる。その子の目からは涙があふれていて、万結はただただ恐ろしかった。その子の様子がというよりも、その子をこんなふうにしてしまったのは自分だということが恐ろしくてたまらなかった。

学校から連絡があったのだろう。母はその一件を知っていたようだった。

父の帰りを待って始まった夕食には、万結の好きなものばかり並んでいた。グラニテは二日もかけて凍らせなくてはならないからその日のデザートになったのは偶然だろうけれど、アップルミントの香りが口いっぱいに広がったとき、万結は初めて家族に自分の秘密の力のことを話してみようと思った。

小学三年生の夏のことだった。

『え、お母さんのグラニテ？』

「そう。カフェでね、この夏のメニューに入れようって話になって、この間、試作品を作ってみたんだけど思ったより難しくて」

『懐かしいね。ゲンさん喜んだでしょ。お母さんのグラニテ大好きだったもんね』

ふふふっと千恵が笑った。同じ街に住む姉の千恵とはよく電話で話している。最近、電話の声が母にそっくりで、こんなふうに笑うとまるで百代と話しているような気持ちになる。

「もう大喜び。と、言いたいところだけど、まだまだだって言われちゃった。書いてもらったレシピ通りにしてるんだけどね」

『案外、お母さんのレシピが違ってるのかもよ。あらら？　書き間違えちゃってたわぁ、なんて言いそうじゃない？』

「たしかに、言いそうね。そういえば、お父さんとお母さんから連絡来た？」

『ああ、温泉のこと？』

「そうそう。おじいちゃんとおばあちゃん連れて、登別。お父さんたら親孝行じゃなくお義姉さん孝行するんだなんて言ってた。おじいちゃんが聞いたら機嫌が悪くなりそうね」

『同居はいろいろ疲れるもの。いいんじゃない？　たまには言っちゃっても』

ふたりでクスクス笑い合う。きっと姉の頭にもあの四人の顔が浮かんでいるはずだ。

北海道で暮らしているのは父方の祖父母と父の兄夫婦で、親父たちはいつも四人でコントをしているみたいなんだよと父は笑って言っていた。さも頑固オヤジといったふうの祖父と、それに輪をかけて折れない祖母。ふたりの間でいつも困った顔で微笑むお嫁さん。いい加減にしろよ親父もお袋も、と呆れ顔の伯父さん。子どものいない家でも、なんだかんだいつも賑やかだ。

『レシピ聞くなら、旅行前に聞いた方がいいんじゃない？』

「そうだね。落ち着いて聞きたいし。明日にでも電話してみる」

『……それにしても、お父さんとお母さんが北海道に行って、もう三年になるのね。この間の電話でそんな話になって、あっという間でびっくりしちゃった』

　転勤族の父と一緒に引っ越しと転校を繰り返してきたわたしたちだったが、千恵の縞田市内の高校入学をきっかけに父は単身赴任を選んだ。それからの十六年ほどの間、週末と長期休暇だけ家族が揃う生活を続け、父が定年を迎えたのを機に、両親は終の棲家だと言って父の実家のある北海道に移り住むことを決めた。

　その頃には千恵は結婚していて子供もいたし、万結も二十七歳になっていた。

「俺たちのことは気にするな。母さんと水入らずで暮らすのは楽しそうだからなぁ」

　自分だけでも一緒に行くべきだろうかと悩んでいた万結に、のんびりと父が言った。隣では母が少女のように微笑んでいた。

　父は北海道に行く理由を、兄夫婦に任せっぱなしにしていた両親のことを元気なうちに少しでも面倒をみたい。そう言っていたけれど、ほんとうは母に生まれ故郷を見せたいのだと万結は思った。故郷を離れて四十数年、見知らぬ土地を渡り歩いてきた父の心には、生まれ育った懐かしい土地で、いつか百代と一緒に余生を送りたいという気持ちがずっとあったのではないかと思う。

「それより万結、源助のことよろしくね。わたし、あなたたちよりも源助のことの方がよっぽど心配だわ」

母はそんなふうに言って万結の頭を撫でた。

不思議な母だった。

いつも陽だまりのように包んでくれていると感じるのに、思い出せる母と交わした会話は他愛のないものばかりで、言葉で励まされたり慰められたりした記憶があまりない。その代わりに何歳になっても頭を撫でたり抱きしめたりしてくれた。もしかしたら、「力」ごと万結を受け入れようという母の思いの表れだったのかもしれない。どんなところも全部あなたであることに変わりないと愛おしんでくれていたのかもしれない。

確かに振り返ってみると、万結にとってはそれが何よりも、自分が異質なものであるという感覚を拭い去ってくれた。

この不思議な人が母親でよかった。その母を信じて見守る父でよかった。この家族でよかった。万結は何度も何度も思った。

万結がひとり暮らしのためのアパートを見つけるとすぐに、両親は北海道へ引っ越していった。すがすがしい旅立ちだった。どんなに離れていてもいつも心の端っこが結ばれている、そんなふうに思える旅立ちだった。

『……調子はどう？　変わらない？』

急に千恵の声の調子が変わったから、何のことを言っているのかすぐにわかった。

「うん、まぁね。でも大丈夫。いつも通り」

他人の嘘はわかっても、自分の嘘は他人にはわからない。こういうとき、万結はそのことに感謝している。

実のところ、ゴールデンウィークはかなりきつかった。

海に山、城に城下町、温泉。小さな街にさまざまな目玉スポットを持つ縞田市は知る人ぞ知る観光地だ。リピーターが多いことでも知られていて、大型連休になると静かな街が一変する。『カフェ古街（こまち）』も通常の三倍以上の来客数だった。くるくると休みなしに動き回り、そのうち体が勝手に反射で仕事をし始めるくらいだった。

忙しいだけならまだどうにかなるが、人が大勢集まるとどうしてもノイズや赤いもやもや多くなる。それがあまりに重なると体まで辛くなって、ときどき休憩をもらいながら仕事をしなくてはならない。源助やバイトの子たちは何も言わずに快く（こころよ）休ませてくれても、どれくらい忙しいかがよくわかるだけに居たたまれなかった。人はどうして嘘なんかつくのだろう。いまさら毒づきたくなった。

同じ街に住んでいても、千恵とそう頻繁に会うことはない。万結も火曜日の休業日以外はカフェにいる。千恵は家庭を持ちながらフルタイムで働いているし、万結も火曜日の休業日以外はカフェにいる。だからこうして電話で話すことがほとんどだ。たぶん他所の姉妹よりも会話は多いのではないかと思う。それが万結の力のことを千恵が心配しているからだというのは、ありがたく感じる反面とても心苦しいことでもある。だから、自分のことから話題を変えようと思った。

ただ、それだけだったのだけれど。

「お姉ちゃんのほうはどうなの？　そうだ、実乃里ちゃん元気？」

『うん、元気にしてる』

ザザザ……。

明るい声にノイズが重なる。

「お姉ちゃん？」

ややあって、呟くような声が返ってきた。

『……電話でもわかっちゃうんだったわね。ごめん』

苦笑交じりだとわかる声だった。

「実乃里ちゃん、どうかしたの？」

この春から小学三年生になった実乃里は、千恵の一人娘だ。

オムツをあてていたころから、万結は妹のように思って接してきた。学校に行くようになってから回数は減ってしまったが、それまでは毎週末と言っていいほどに『カフェ古街』へ来ては来客の合間に万結とハーブの庭で遊んだ。

『学校へね……行けてないの。ゴールデンウィークが終わってから、ずっと』

「……え？」

『いじめられたとか、そういう特定の何かがあったわけじゃないらしいのよ。でも、あの子何も言おうとしないから、わたしにわかるのはそれだけ』

思いもしなかったことだった。おとなしい方ではあるものの、千恵によく似た優しくて賢い子だ。実乃里なら、たくさんの友達に囲まれて楽しい学校生活を送っているだろうと思っていた。

『先生も家に来てくださったんだけどね。……学校では連休前までとくに変わったところもなかったようなの。先生にも原因がわからないようよ』

千恵の声はとても落ち着いていて柔らかく、母の声と同じだった。

何も言葉が出なかった。

しんと音のない時間が過ぎる。やがて。

『いまは待っているの。実乃里がやりたいと思うことを見つけるまで。きっとね、いまは力を溜(た)めているときだと思うから』

千恵が穏やかに言った。

ひとつもノイズのない声だった。

「……すごいね……お姉ちゃん」

思わずこぼれた。

娘の一大事に、どうしてこんなに微動だにせずにいられるのだろう。きっと千恵だって、まさか実乃里が学校に行けなくなるなんて思いもしなかっただろう。

『わたしはすごくなんかないよ。すごいのは、実乃里なんだと思う。ずっとずっとひとりで頑張り続けていて、わたしはそれに気付かなかった。……本当は、自分のことをすごく責めたし、母親失格だって思ったわよ』

「……そんなこと……」

『万結ちゃんがね、教えてくれたの』

「え？」

『思い出したの。万結ちゃんが初めて「力」のことを話してくれた日のこと』

「……」

『万結ちゃんの話にびっくりして、ちゃんと頭が理解するのに時間がかかったけどね。お母さんのグラニテ食べながら、ああ、万結ちゃんはこれまで、たったひとりで頑張ってきたのかって思ったら、なんてすごい妹だろうって思ったの。まだ小さいのに、誰にもわからないこんなに辛いことに耐えてきて。……あのときの万結ちゃんと同じ歳なの。実乃里。だからね、実乃里のこと、偉いねすごいねって抱きしめようって思ったの。あのときのお母さんみたいに。万結ちゃんがわたしたちに秘密を話してくれたように、実乃里が話そうって思えるまで待とうって思ったの。万結ちゃんを信じたように、実乃里のことを信じようって……思ったの』

千恵は、万結に話すつもりはなかったのだろう。万結が訊ねなければきっと、ずっと。

実乃里と一緒に乗り越えられるまで。

万結ちゃんは、万結ちゃんだよ。

小学生の万結に、中学生の千恵が言った言葉を思い出す。四つ上の姉は、秘密を知る前も知った後も変わらず万結の味方で理解者で、万結にとって長く憧（あこが）れの人でもあった。

実乃里もいま、あのころの万結と同じ歳。自分にも、言ってあげられるのではないか。

あのときの千恵のように。

実乃里ちゃんは、実乃里ちゃんだよって。

「わたしにできること、ない？」

『……万結ちゃん』

「お願いだから、遠慮なんかしないでよね」

『……ありがとう。その時が来たらお願いするかもしれない』

「絶対ね」

千恵は少し笑った。

ほんの少しだけ、涙の匂いのする笑い声だった。

どこからか、リンゴの香りがしたような気がした。

3 ベルガモットミントのフィナンシェ

「その時」は思いのほか早く来た。

　連絡があったのは電話から二週間ほどたってからのことだった。

『せっかくのお休みにごめんね』

　千恵は申し訳なさそうだったけれど、万結は『カフェ古街』の休業日が火曜日でよかったと心底思った。

『火曜日の十時から、市民会館でやっている絵画教室に実乃里を連れていってもらえないかしら』

　偶然、絵画教室の写生会に出合って、実乃里は突然、自分もあの人たちと絵を描きたいと言ったのだという。人見知りをする実乃里がどうして知らない大人ばかりの集まりに参加したいと言いだしたのかわからない。これまでは特別に絵を描くのが好きな様子もなかった。ただ、何かが実乃里の心を動かしたということには違いない。千恵はそのことを大切にしたいと言った。

『世話役を調べたら、城町元気会の会長さんだったの。事情を話したら大歓迎だって言ってくださったんだけれど、どうしても仕事を休めなくて。もし、万結ちゃんの都合が悪かったら無理しないでね。そのときはゲンさんが時間を作ると言ってくれているから』

千恵が辛抱強く寄り添っているせいか、実乃里は少しずつ話をするようになったものの、まだ核心に触れることには口を噤んでいるようだった。人に言えない秘密や苦しみを抱える辛さを知っている万結なら、実乃里も心を開くかもしれない。千恵はそう考えているような気がした。

「もしも、実乃里ちゃんの嘘が……心の中がわかってしまっても、お姉ちゃんに話すかどうかは、わたしが判断してもいい?」

『もちろん。実乃里の本音が聞けたらそれはうれしいけれど、わたしはただ、元気になってくれたらそれでいいの。笑って顔を上げていてくれたら、それでいいのよ』

いつもの温かい声にノイズはない。

「わかった。……大丈夫。火曜日、迎えに行くから」

『ありがとう。本当に、ありがとう』

こうして、万結は助手席に実乃里を乗せて車を走らせている。

万結が実乃里に最後に会ったのは小学校に入学して間もない頃だったから、二年以上会っていない。それでもまさかこんなに実乃里が変わっているなんて思いもしなかった。カフェの庭で笑っていた、あの面影は実乃里の奥深くに隠れてしまって、いまは暗く沈んだ目で俯く少女がいるばかりだ。こんにちはと小さな声で言って頭を下げたまま、その顔が万結を見上げることはなかった。

助手席で黙りこくって窓の外を向いたままの三つ編みをちらりと見た。

千恵の家と万結の住むところは、駅前商店街を挟んで反対側に位置している。千恵の家は新興住宅地。万結が住むのは市街地から外れた、田んぼや畑が広がる地域。絵画教室が開かれている市民会館はそのちょうど真ん中辺りにある。駅前商店街に隣接する、市役所や図書館などがまとまっている地区だ。千恵の家まで万結を迎えに行き、引き返してくるルートになる。

住宅地を抜けて店舗が多くなり、公民館までもうすぐというところで実乃里の声がした。

「……なんの、におい?」

聞き逃してしまいそうなほどの小さな声でも、実乃里の方から話しかけてくれたと思うと胸が鳴る。車内に漂うお菓子の匂いに感謝した。

「フィナンシェっていうお菓子」

「フィナ……？」

「フィナンシェ。フランスの焼き菓子なの。今日持ってきたのはベルガモットミントを使ったフィナンシェでね。ゲンさんからの預かり物。絵画教室の世話役の会長さんからリクエストされたんですって。差し入れをするならこれにしてくれって」

ふぅんと実乃里は言って、すんすんと鼻を鳴らしている。

「どう？　いい匂い？」

「……うん……。甘いけど、すーっとしてて、オレンジみたいなのと、おもしろいバターのにおいもする……」

「実乃里ちゃんは鼻がいいね。焦がしバターを使ってるの。ちょっとクセがあるけど、実乃里ちゃんもあとで食べてみる？」

コクンと、小さく頷く気配がした。


縞田市民会館は、約千人収容の大ホールをはじめ、多目的に使える大小の会議室を備えた市の中心施設だ。洋風の庭を挟んで城町美術館や資料館も同じ敷地にあるため駐車場を含めた敷地は広大で、それを利用したウォーキングコースがぐるりと整備されている。

早朝や休日にはカラフルなウェアに身を包んだ老若男女がウォーキングやジョギングを楽しんでいるほか、重厚で品のある石造りの外観と手入れの行き届いた芝生の庭が美しく、インスタスポットとしても人気がある。

「よお、万結ちゃん」

入り口できょろきょろしていると、会長が声をかけてくれた。

「おはようございます。お世話になります」

頭を下げると、ひらひらと手を振られた。

「やめて、やめて。ただの趣味の会だからさ。ええと、実乃里ちゃんだね？　ようこそ、縞田絵画教室へ」

会長に微笑みかけられて、実乃里がひょこっと頭を下げた。

「へぇ、千恵ちゃん似だ。将来べっぴんさんになるぞ。楽しみだなぁ。おっと、こういうのセクハラってんだっけ？　怒られっちまうな」

テンッと自分の額(ひたい)を落語家のように手で打って、ハハハと笑う。

実乃里の横顔がほんの少し緩(ゆる)んだ。

「会長、今日は見学のつもりで、筆記用具くらいしか持ってこなかったんですけど……」

「大丈夫、大丈夫。画材は俺のでも他の連中からでも借りればいい。先生もいろいろ持ってきてるし。まぁ、俺たちも好きに描いてるから、実乃里ちゃんも気の向くままに描けばいいよ。そうだ、万結ちゃんも描けばいい。先生に見せてやりてぇな」

最後のは完全にからかわれた。

万結はにんまりしている会長を、わざと軽く睨んでみせる。

「実乃里ちゃん、絵だけは万結ちゃんを見習っちゃやだめだぞぉ」

「……もう。やめてくださいよ、会長」

万結の一番の苦手は絵を描くことだ。カフェで働き始めて間もない頃、メニューに添えるイラストを源助に頼まれたことがあった。上手くないと自覚はあったものの、そう言ってすぐに断るのも気が引けて描いた絵を、会長は一瞥して「魔除けみてぇだな」と大笑いしたのだ。会長によってみんなの遠慮が取り払われたおかげで、それからしばらく万結の絵は笑い話のタネになってしまった。

万結ちゃんは何でもできちゃいそうに見えるからね。こういうところが可愛らしくてからかいたくなるのさ、オジサンってやつは。源助はそう言って慰めてくれたけれど、万結は笑ってもらえてかえって気が楽になったのを覚えている。いまでは懐かしい思い出だ。

ちらちらと実乃里の視線を感じながら、会長に促されて館内を歩く。あとでなにか描いてと実乃里に言われたら、あれを披露しなくてはならないのかしらと万結は内心苦笑した。

階段をのぼって二階の一番奥が会場だった。

「ここだよ。いつも同じ場所でやっているからね」

コンコンとノックをして会長がスチールのドアを開ける。

ざわざわと話し声があふれ出る。

わぁ、とも、はぁ、ともつかない声が実乃里の方から微かに聞こえ、そちらを見ると目を輝かせた横顔があった。完成した絵を見ることはあっても、こんなふうに大きなカンバスに絵を描く作業を見るのは初めてなのだろう。

折りたたみのテーブルが部屋の隅に片付けられ、あちこちに立てられたイーゼルに色とりどりのカンバスが掛けられて、油絵の具の独特な匂いや、乾き切っていないアクリル絵の具の匂いが混じり合っている。

「あら、可愛い！　会長、お孫さん？」

百代くらいの年頃に見える女性が、割烹着を身に着けながら声をかけてくれた。ところどころ絵の具が付いているのに、まるで料亭の女将さんのように見える。上品な人だ。

「千恵ちゃんとこの娘さんだよ。今日からメンバーになったんで、よろしく」

会長がニコニコと答えると、女性は「まぁうれしい」と実乃里に微笑んだ。

「で、そっちのオネーサンは？」

「千恵ちゃんの妹……ってもおめぇはわかんねぇか。ほら、源助んとこの姪っ子さんだよ」

「あぁ、古街の。オレ、前に差し入れのスイーツ食ったことあって。うまかったっス」

ひときわ大きなカンバスの前にいた若い男の子がニカッと笑う。

「あれ？　万結ちゃんじゃないの。どしたの？　こんなとこで」

ガチャリとドアが開いて見知った顔が入ってきた。源助の幼馴染みの諒太だ。商店街で古書店を営む彼は、古街がオープンしたての頃からよく店に来てくれていた。そういえば前に店に来たときに、趣味で絵を描いていると聞いたことがある。

「諒太さん。お久しぶりです。こちらの絵画教室に通っていらっしゃったんですね」

「そう。三年くらい前からかな。最近、店に行けなくてごめんな。あいつ、相変わらずハーブ一筋？」

「ええ、相変わらずですよ。これから庭がきれいですから、またいらしてくださいね」

「万結ちゃんに言われちゃぁ、顔出さないわけにはいかないな」

諒太はそう言って笑うと、手際よくイーゼルを立て始めた。

「ここはね、平日の昼間やってるグループで、縞田絵画教室の昼部って呼ばれてる。他には平日の夜やってる夜部があって、人数はそっちの方が多いよ。和樹先生は他の教室もいくつか掛け持ちしてるみたいだから、もしかしたら俺が知らないだけで、もっと他にも縞田市の絵画教室があるのかもしれないね」

実乃里はぴたりと万結にくっついたまま、忙しなくきょろきょろと辺りを見回していた。万結のスカートを握っている手の上にそっと手のひらを重ねると、不安そうな顔が万結を見て、すぐに再び辺りの観察に戻る。

「そうそう、万結ちゃん。和樹先生が来たらびっくりするよ。イケメンで」

諒太がニヤリと口の端を上げてみせたとき、会長が声を張り上げた。

「はい、みなさん。お疲れ様。今日、和樹先生は少し遅れるそうですんで、先に新しいメンバーを紹介します。みなさんも自己紹介よろしく。じゃ、まずは万結ちゃん」

長年、家業の鮮魚店での客の呼び込みで鍛えられた会長の声は、とても今年七十歳とは思えないほど若々しい。すぐにみんなが集まって、なんとなく輪のようになった。

「坂町万結です。姪の付き添いですが、今日からお世話になります。こちらはメンバーに入れていただく、姪の、市原実乃里です。よろしくお願いいたします」

隣で俯くように実乃里が頭を下げた。

「実乃里ちゃん、ここには悪ぃ大人はいねぇよ。安心していいからな」

会長がにっこりと笑った。

岡島忠晴という本名を知っていても、商店街で彼を名前で呼ぶ人はほとんどいない。みんな会長と呼ぶ。商店街の有志で結成している『城町元気会』の会長をしているからというだけでなく、岡島にはつい会長と呼びたくなってしまう雰囲気がある。百六十センチの万結よりも少し低い背丈から滲み出る貫禄が、ひとまわりもふたまわりも大きく見せている。困っている人を放っておけず、情に厚い。口は悪いけれど中身はじつに温厚。そんな性格もあって、いつの間にかまわりに人が集まる。そして、なにより彼の言葉には嘘がない。

源助はカフェを開くときに世話になったのをきっかけに会長と知り合い、年の離れた兄のように慕っている。会長もまた源助を気に入ってカフェに顔を出すようになり、そのうちハーブを使った魚料理をすっかり気に入って常連になった。

万結が働きだしたときの彼への第一印象は「なに、この失礼なオジサン！」だったけれど、会長にさんざんからかわれたおかげで、万結が店に馴染むのもお客さんから馴染まれるのも早かった。茶目っ気たっぷりの会長が、万結のためだけにそうしたのかどうかは疑問だが。

自己紹介は自然に万結から時計回りに流れていった。

　はじめに、二十代前半くらいの可愛らしい女の子というイメージを形にしたらこういう感じかなと思うような子が、にこにこと実乃里に向かって口を開く。

「わたしは古田彩菜。城町美術館で受付してます。実乃里ちゃん、よろしくね」

　子ども相手でもきちんと挨拶してくれて、若いのによく気の付く人なのかもしれない。

と、思った瞬間。

「で、わたし、和樹先生の大ファンなんで、とっちゃ駄目ですよ！」

　いきなり万結の顔をじっと見て、そんなことを言いだした。ぽかんと突っ立ったままの万結に諒太がぷっと吹き出す。

「彩菜ちゃん、万結ちゃんと張り合うのは、あと五年くらい早いんじゃない？」

「ちょっと、諒太さん。煽んないで。こいつ先生が絡むと面倒くさいんスから」

「なによぉ！　諒太さんも留佳もひどい！　だって、こういう感じの大人の女性って、先生好きそうなんだもん！」

「まぁ、確かに、彩菜が言うのもわかるけどね」

　留佳と呼ばれた男の子は彩菜とは同年代のようだ。万結に見つめられているのに気付いた彼と目が合うと、どーも江口留佳ですと言って笑った。人好きのする笑顔で、実家の酒店で働いているのだと続けた。

彩菜は、会長とは違ったタイプの絵画教室のムードメーカーなのだろう。こんな感じの賑(にぎ)やかで温かいやりとりがいつも通りの光景だと伝わってくる。微笑ましくて、つい万結も笑みが込み上げてくる。それに、可愛い女の子が唇を尖(とが)らせて抗議している姿はとっても可愛い。ただし言っていることはだいぶ的外(まとはず)れだけれど。

最初に声をかけてくれた上品な女性は板山洋子(いたやまようこ)と名乗った。白髪交じりの髪をきれいに結い上げていて、ふんわりと笑いじわが浮かぶ顔が優しげだ。

「俺は自己紹介いらないな。源助つながりの長い付き合いだもんね」

諒太がこちらに向かって微笑むと、会長はぽんと手をひとつ打って言った。

「よしよし、これで全員。昼部はここにいる五人だよ。今日から六人だ。おっと、万結ちゃんも入れて七人だ。みんな、仲良く楽しくやろうなぁ。あとね、ここではみんな下の名前で呼び合うんだよ。実乃里ちゃんも遠慮しないで名前呼んでやってな」

そのとき、部屋の外でゴトンと音がした。

ドアに嵌(は)まったすりガラスの向こうで誰かが動いているのが見える。ドアが開いた瞬間、頭を上枠にぶつけないよう軽くかがんで入ってきた青年に彩菜が「先生！」と黄色い声を上げた。

「遅くなってすみません」

「和樹先生、みんなすぐ描けますんで」

「はい。わかりました」

会長の言葉に頷く、すらりと背筋の伸びたTシャツ。色の褪せたジーンズ。手にしていた大きなトランクをドアの近くのテーブルに置いて、こちらに背を向けたまま何かを取り出しているようだった。古い型のトランクでところどころに絵の具が付いているのが見える。画材を入れているのだとすぐにわかったけれど、どうしてか万結には彼が長い長い旅の途中の人のように見えた。知らない遠い町の空気をまとって、ひとり。

「今日から参加の新メンバーも来てますよ。俺たちの自己紹介は終わってます」

ああ、そうでした。と彼は振り向いた。着けかけたエプロンを再び外して置いて、すたすたとこちらにやってくる。

かなりの長身だ。百九十センチの源助と同じくらいの位置に顔があるが、すらりとした体形のせいでもっと高く感じる。威圧感がないのは容姿のせいだろう。マッシュヘアの黒髪が無造作にウェーブを描いていて、シャープな輪郭を柔らかい雰囲気に変えている。高い鼻梁も少し口角の上がった唇も整っているけれど、いちばん印象的なのは目だ。こんなに穏やかに深く澄んだ目をした男性を万結はこれまで見たことがない。

「講師をさせていただいています、基和樹です。よろしくお願いします」

万結と実乃里に向かって丁寧に頭を下げる。いかにも好青年といった雰囲気の、ハリのある少し低めの声。本当にカッコいい人だ。

ただ、万結には他の人が見えないものが見えてしまうから。

白、よね。Tシャツ。

体からゆらゆらとあふれ出ている薄赤いもやが、Tシャツの色を濃い桃色に見せている。もともときれいな色のもやが見えたことなどないけれど、彼のそれはひどく胸をざわつかせる色をしていた。ノイズは聞こえないから嘘を言っていないはずなのに、どうしてもやだけがこんなに濃く見えるのかわからない。

この人に実乃里をお願いして大丈夫だろうか。

少し不安になったとき。実乃里がさらに強く万結にくっついてきて、はっとする。見下ろすとすっかり俯いてしまった小さな頭が見えた。

不安は伝播するのだ。いけない、いけない、と内心首を振る。大丈夫かどうかは、実乃里が自分で判断すればいいこと。だいたい、嘘をつかない人間などいないのだから。不思議な人ではあるけれど、どういう人かなんてまだわからない。

実乃里はじっと動かない。和樹はこちらの返事を待っている。けれどいま、無理矢理に実乃里に自分で自己紹介をさせる必要もないだろうと万結は口を開いた。

「坂町万結です。付き添いでお邪魔しました。教室に入れていただくのは市原実乃里。小学三年生です。よろしくお願いいたします」

軽く頭を下げながら、実乃里の背に手を当てた。大丈夫だよという気持ちを込めて。

「ミノリさん、ですか」

ひょいっと長身が縮んだ。実乃里の顔の高さに合わせるようにしゃがんで、どんな字を書くんですかと聞いてくる。

まっすぐに実乃里の顔を見ながらの問いに、万結はもう一度開きかけた口を噤み、そっと実乃里の頭を撫でた。和樹はじっと待っている。笑顔を作っているわけではなかったけれど優しい表情だった。ふっと、万結の手のひらの下で小さな頭が動く。

実乃里は鞄に付いているネームタグを引っ張って見せた。

「実乃里さん……きれいな名前ですね。サインは漢字がいいかもしれません」

ふわりとひとつ微笑んで、和樹はトランクのもとへ戻っていった。

やがて、絵の具で汚れたエプロンを身に着けて、スケッチブックと絵筆、小さなプラスティックの容器と臙脂色の箱を持って空いている机にそれらを置いた。

「実乃里さん、ここを使ってください」

ひとりでは行けないだろうと思ったけれど、意外にも実乃里はすぐに万結を離れて机へ向かった。

「これは色鉛筆ですが、塗ったあとで水を含ませた筆でなぞると、絵の具で塗ったようになるんです。色を混ぜることもできます。よかったら今日はこれで描いてみてください。スケッチブックは僕からのプレゼントです。縞田絵画教室へようこそ」

彼は言いながら大きなエプロンのポケットから小振りのペットボトルを取り出した。ラベルは剝がされていて、中には水が入っているようだった。持ってきた小型の筆洗いにそれを注ぎ、スケッチブックを開き、隅に色鉛筆でさらりと花を描き上げた。その上に筆洗いの水で濡らした筆を滑らせる。ほんの数分。小さな花はそれは美しいガーベラだった。

実乃里はじっとそれを見つめている。

「テーマも画材も描き方も自由です。相談があったら、いつでも言ってくださいね」

和樹は実乃里の返事を待たずに、そばにいた万結に会釈して離れていった。

やっぱり不思議な人だ。

こういうとき、たいていの大人はかまいすぎることが多いのに。

たんにそういう人なのか、それとも実乃里のことを考えてそうしているのかはわからないけれど、どちらにしても万結は和樹に感謝した。いろいろしてあげたくなるし、たくさん声をかけたくもなる。でも、それがうれしい子どもとそうでない子どもがいる。声をかければかけるほどに自分を出せなくなってしまうのがいまの実乃里だと思う。さぁ、描いてみようよ。そう万結が促しただけでも、たぶん全部台無しになる。実乃里はかつての万結によく似ていた。

少し離れて壁にもたれる。

じっと動かない実乃里を見つめる。

少し背を丸めた姿が、小さな頃の自分と重なった。「力」を受け止めることができずにいた、あの頃。もしもあの頃に、すべてを受け入れてくれる家族がいなかったら――。自分を信じてくれる人たちがいなかったら――。「思えばこそ」「良かれと思って」見当はずれな思いやりを押し付けられていたら――きっといまの万結はいない。世の中を歪んだ暗い目で見ていたかもしれない。小さく閉ざされた世界で生きていたかもしれない。

実乃里の手が動き始めた。

ほっとしながら顔を上げてみれば、大小さまざまなカンバスを前に思い思いに色をのせていく人たちがいる。いくつかある会議室の中で一番広く作ってある部屋なのに、意外に場所をとるイーゼルや、床に置かれた絵の具や資料などで狭く感じた。それがとても心地いい。大切なものに囲まれているような、そんな気持ちがする

ふと。イーゼルの林を行き来していた和樹と目が合った。

一瞬、不思議なものでも見るような表情になった彼に首を傾げると、すぐに視線が外れて実乃里へと向いた。長い脚が慣れた様子で床の物を避けながら、スケッチブックに顔を埋めるように描いている実乃里のもとへやってくる。

「なにか、描けましたか」

言われてのろのろと実乃里が体を起こすと、万結からもスケッチブックが見えた。小さな小さな人間がひとり、ぽつんと描かれている。それはひどく寂しげに見えて、いまの実乃里の心が表れているようで胸を衝かれる思いがしたのだけれど……。

「これは、実乃里さんですか？」

「……うん」

「なるほど。いいですね。きみはいま、とても広い場所にいる……。一本だけ、線を引いてもいいですか？」

コクリと縦に頭が振られたのを見てから、和樹は実乃里から鉛筆を借りてすぅっとラインを引いた。小さく描かれた実乃里のちょうど肩の辺りに、スケッチブックの左端から右端にかけて引かれた柔らかな線。それは水平線であり、地平線になった。あっという間にどこまでも続く広い空間に、鉛筆で描かれた小さな実乃里が佇んだ。

「どこに行きましょうか。広い広い花畑にしますか？　それとも海？　高原？　思い切って南極もいいですね。実乃里さんはどこでも、自由に行けますよ」

和樹はゆっくりした口調で急かすことなく、そっと糸を手繰るように言葉を紡いだ。

人物が小さく描かれているのは広大な場所にいるからだ。たったそれだけのことで、こんなにも世界が変わるものなのか。

実乃里の横顔が驚いている。以前より表情は乏しくなってしまっていたけれど、それは確かにとても驚いている顔だった。きっと、もっと大きく描きましょうとか伸び伸びと表現しましょうとか、そんなふうに言われると思っていたに違いない。

万結にとっても和樹の言葉は想像もしていないものだった。実乃里をお願いして大丈夫なのかしらという不安な気持ちがすっと消えていく。

和樹は柔らかく笑んで実乃里を待っている。

しばらくして、実乃里は鮮やかな緑色を手にした。

「……いつかね……草原を、馬といっしょに、歩きたいの」

「そうですか。実現するといいですね」

「……うん」

スケッチブックの上で色鉛筆が何かを見つけたように生き生きと動きだした。

実乃里の周囲が、どんどん瑞々しい草原になっていく。それはまるで心が生き返っていくような光景だった。モノトーンの世界に命の色が生まれていくような。

ここは、実乃里が安心できる居場所になるような予感がした。和樹のTシャツの本当の色はわからないまま終わりそうだけれど。

いったい彼はどんな嘘をついているのかしらと思ったとき、会長のよく通る声が万結を呼んだ。

「そういえば、源助に頼んだ焼き菓子はあるかい？　名前、なんだったっけかな」

「はい。ありますよ。ベルガモットミントのフィナンシェです」

「そうそう、それそれ！　今日は終わったらみんなでテータイムだからな」

「定番すぎてツッコむのもなんですけど、テータイムじゃなくてティータイムっスよ。会長」

「留佳、こまけぇ男はモテねえぞ」

「じゃあ、実乃里ちゃんの歓迎会にしましょうよ！」

「お、いいこと言うじゃねぇか、彩菜ちゃん」

若いふたりと会長が声を弾ませているところへ、洋子が微笑みかける。

「ではあとで、事務室でお茶を淹れてきましょうね」

「俺、手伝いますよ」

「あ、わたしも……」

万結が慌てて言いかけるのを、諒太が手のひらを向けて止める。

「万結ちゃんは実乃里ちゃんと一緒に、今日は歓迎される側なんだからいいんだよ。和樹先生、接待頼みますよ」

え……接待、ですか。和樹が思わずといったふうに小さく声を出したとき、一瞬、赤いもやが消えて白いTシャツが現れた。

やっぱり、白だった。なんだかおかしくなって、万結はひっそりと笑いを堪えた。

「おっと、あと三十分で終了時間だね。中断して、すまん、すまん」

「会長は芸術より食い気っスからね」

「お、言ったな、留佳。よし、今日のおめぇの分の菓子は俺が食ってやる。留佳は菓子よりも芸術を愛する男みてぇだからな」

「そんな。会長、横暴っスよ」

笑い声が上がり、そして、それぞれがまたカンバスに向かった。

実乃里は大人たちの話そっちのけで夢中になって絵を描き続けている。

万結は隅に置いていた紙袋を覗き、フィナンシェの包みをそっと開いてみた。柑橘とミントの爽快な香りと濃厚なバターの香りに包まれる。数えてみたら二十個も詰め込まれていて思わず微笑んだ。絵画教室での初めての時間が、実乃里にとって楽しく安心できるものであるようにという、源助の祈るような思いが詰まったフィナンシェを、これからこの人たちと一緒に食べるのだと思うと万結まで大きな安堵に包まれた。

実乃里の第一歩はきっと、ちゃんと踏み出せた。

良い出会いは人生の宝だと誰かが言っていたけれど、本当にそうだと思った。今日、実乃里はたぶん人生で最初の大きな宝物を手に入れた。自分の力で。

千恵の喜ぶ顔が浮かんで、万結はほっと息をついた。

初めての絵画教室が終わり、みんなでフィナンシェを食べてお茶を飲んで。実乃里の歓迎会という名目の大人の息抜き会はとても賑やかだった。メンバー全員がこの場所を大切にしているのがよくわかった。

「……彩菜ちゃん……留佳くん……諒太さん……洋子さん……会長さん……和樹先生」

名前言ってみて！　と彩菜に言われて、実乃里は緊張した面持ちで指差し確認のようにひとりひとりに人差し指を向けながら名前を言っていく。全員正解！　もう覚えちゃった。偉い！　と彩菜に満面の笑みで言われて、実乃里はもぞもぞと照れくさそうにしていた。

大人を下の名前で呼ぶのはこれまで万結と源助だけだったから、実乃里にとっては特別な人が一気に増えた気分だろうか。

万結ちゃんも呼んでごらんよ。突然、会長が言いだして万結も同じようにして名前を呼んだ。そういえば、万結自身も新しく出会った人を下の名前で呼ぶのは久しぶりだ。くすぐったいような気持ちになる。

集合写真を撮りたいという彩菜の要望に応えて、万結は渡された彩菜の携帯で写真を撮った。無料通話アプリで作っている連絡用のグループに万結も入れてもらい、早速その写真をシェアすると、実乃里はじっと万結の携帯で写真を眺めていた。

万結ちゃんも写真に入ればと言われたけれど、まだ付き添いですからいつかメンバーになったときに入れていただきますと答えた。ここは実乃里の大事な場所だ。なんとなく、ここでの集合写真に自分が入るのは気が引けた。そう思ったからだろうか。

「でも、ちゃんと名前呼びはしてよね」

会長は残念そうにそう言って笑った。

絵画教室から帰ったその日の夜遅く、千恵から電話があった。

いち早く実乃里の変化に気付いた聡明な母は、万結が送った写真をとても喜んでいた。

「実乃里が自分から誰かのことを話したのは久しぶりなの。今日の絵画教室は本当に楽しかったみたい。写真を見ながらひとりひとり名前を教えてくれて。万結ちゃん、どうもありがとう」

「わたしは連れていっただけだもの。教室の人たちがいい方ばかりだったのよ。実乃里ちゃんの行きたいと思った勘が、正しかったってことね」

「それもあるだろうけど、わたしだけでは行かせてあげられなかったし、わたしは万結ちゃんのおかげだと思ってる。万結ちゃんも、そう思わせておいて」

千恵の声を聞いていると、万結は自分の全部が正しかった気持ちになれる。小さな頃からそうだった。実乃里もそうに違いない。

「ねぇ……、万結ちゃん」

「なに？」

「万結ちゃんって……好きな人とか、いないの？」

「え？　やだ、なに急に」

思いもしなかった質問が飛び出して、思わず携帯を取り落としそうになる。

「ね、教室の先生ってすごくカッコいいし良さそうな人じゃない。どうなの？」

「……どうなのって」

どうして千恵がこんなことを言いだすのかわからなかったが、これまで言わなかっただけで、もしかしたらずっと気にしていたのかもしれない。万結のこれまでの数少ない恋を唯一知っている人なのだから。三十歳になったいま、伴侶とは言わないまでも恋人と言える人さえもいないのは心配なのだろう。

「まだ……辛い？」

「大丈夫。そんなんじゃないわよ。メディカルハーブの方もちょっと勉強してみようと思っていて、そういう時間がないだけ」

千恵の、万結本人よりも辛そうな声に、万結は気付かないふりで答えた。メディカルハーブのことは本当だけれど、時間がないというのは嘘だ。

最後の恋は万結にとって酷いものだった。

あのときほど、自分の力を恨んだことはなかったし絶望したことはない。もう二度と自分に恋はできないだろうと思った。そういう、恋だった。

「……なら、いいけど」

「お姉ちゃん、わたし、ちゃんと幸せだから」

「……ええ、そうね……そうね」

そう。幸せだ。

他人の嘘がわかるなんて薄気味悪い人間が、孤独を味わうことなく生きている。誰とも違っていても、誰との間にも隔(へだ)たりがあったとしても、身近な人に受け入れられて生活できている。それが一番の幸せじゃないか。それ以上を望むのは逆に自分を苦しめることだ。

なによりも……。もう傷付きたくない。

そして、誰も傷付けたくない。

④ レンギョウのマドレーヌ

実乃里と絵画教室に通い始めてから一カ月。カレンダーが七月になって最初の火曜日。市民会館が点検工事のために休館になり、絵画教室も休みになった。

いまだにどうして実乃里が絵画教室へ行きたいと言いだしたのかわからないけれど、実乃里の描く絵を見ていると心の変化がよくわかる。最初に描いた草原の絵で何かが芽生えたのか、枚数を重ねるたびにまるで季節が変わっていくように様相を変えていった。先週描いた絵は鮮やかなひまわり畑で、入道雲が立ち上がる青空が力強かった。紙の下半分いっぱいに埋め尽くされたひまわりは、花びらが一枚一枚丁寧に塗られていた。

『いいですね』

和樹は常に穏やかにそう言う。描かれた絵にはあれこれ言わず、求められたことだけをわかりやすく話す。実乃里にとってはカッコよくて優しいお兄さんができたような気持ちかもしれない。そうして、縞田絵画教室は実乃里の居場所になっていった。

絵画教室をやめたいと言いだしたらその時は無理には引き留めないことにしようと思っていた万結だったが、実乃里がやめたいと言ったことはまだ一度もない。

実乃里は最近、身内の前以外でも少しだけ笑うようになって、少しだけ自分の気持ちを言うようになった。万結の前で話す声も少しだけ大きくなった。実乃里の変化は小さなものだ。でも万結には、まるで冬の間の桜の木のように、内側で花咲く力を蓄えているように見えていた。一番大きな変化はたいてい表面には見えないところから起こる。そして最初に開く一枚の花びらのような小さな変化から、満開に咲き乱れる花の時が来るのだ。

今日は一日、実乃里は万結の家で過ごすことにしていた。

予定通りに午前中は絵を描いて過ごした。ピクニックに行こうと言いだしたのは万結で、晴れ上がった青空がもったいなくなったからだった。実乃里のために用意しておいた昼食用の食材も焼き菓子も、外に持ち出すのにちょうどいい。準備を始めると、実乃里は面白そうにキッチンで万結の様子を眺めていた。

「どんな絵を描いてたの？」

実乃里に背中を向けたまま訊ねる。とくに何か意図があったわけではなく、できあがるまでの間の何気ない話題のつもりだった。

「うんと……いろいろかいたよ」

「あとで見せてもらってもいい？」

　やや間を置いて「うん」という小さな声と一緒にノイズが聞こえて、はっとする。

　実乃里には見せたい絵とそうでない絵があるのを思い出した。その基準はわからないけれど、実乃里なりのポリシーがあるのだろう。ほんとうは見せたくない絵だったのに、万結に気を遣(つか)っているのだと気付いて申し訳ない気持ちになる。

「無理しなくていいのよ。実乃里ちゃんが見せたいと思う絵が描けたら、ぜひ見せてね」

　返事がない代わりに強い視線を感じて、やがてすうっと息を吸う音がした。

「ねぇ、万結ちゃんって……魔法使い、なの？」

「え？」

　思わず、サンドイッチのパンを重ねる手を止めて実乃里を振り向く。

　目の前の実乃里は真剣な顔をしている。言おうかどうしようか迷った末に思い切って訊ねた、そういう目をしていた。

「どうしてそう思うの？」

　実乃里の前でなにか不審な行動を取ったろうかと考えてみるが、これといって思い浮かばない。嘘が見えても、もういちいち驚いたり怒ったり反応することはなかったはずだ。

「……だって、なんか、不思議だから」

思わず微笑むと、実乃里はじっと万結を見つめたまま言う。

「だって……わたしがウソ言うとすぐにわかっちゃうし、お家にハーブがいっぱいあって、いろんな……こまったことを、ハーブを使って解決するし。前にお腹が痛くなったとき、カモミールのお茶でなおしてくれたし。魔法使いはおばあさんだと思ってたけど、万結ちゃんだったら、おばあさんじゃなくても、魔法使いかもしれないって思って……」

魔法使い――ね。

面白いことを考えるものだなと思う。

小学三年生のときの自分が、もしもいまの実乃里と同じように考えられたなら、もう少し悩まずにいられただろうか。そんなことを思ってしまって苦く笑いそうになる。そんなことを思うだけ愚かなことだ。魔法は使うものであって使われるものじゃない。わけもわからずに見える他人の「嘘」など、実乃里の思うような「魔法」じゃないだろう。小学生の自分だって、きっとそう思ったに違いない。

実乃里はまだ真剣な顔をしている。

ふふふっと笑ってみせた。

「そうねぇ。ちょっとだけなら魔法を使えるかもね」

「ほんと!?」

「千恵姉さんだって使えるわよ」

「ええ⁉　お母さんも？」

「そうよ。実乃里ちゃんが生まれる前は、ずっとわたしが千恵姉さんの魔法に助けられていたんだから」

　サンドイッチを切り分けて、ランチボックスに入れる。今日はサーモンとディルのサンドイッチ。源助直伝の特製サワークリームとディルをたっぷり使い、ブラックペッパーを利かせた、意外に大人の味を好む実乃里の好物のひとつだ。

「……お母さん、どんな魔法、使うの？」

　恐る恐る問いかけてくる実乃里に背を向けたまま、焼いて冷ましておいたマドレーヌも別のランチボックスに詰めていく。

「あら、実乃里ちゃんは覚えがない？」

　しばらく黙っていた実乃里が、あ、とかすかに声を出した。

「……お母さん、お仕事で家にいないのにわたしが宿題しないでマンガ読んでるの、わかっちゃうときがある。ゲームも約束の時間より多くしてるの、バレてる気がする。わたしが食べたいと思ってたもの、言わなくても晩ごはんに作ってくれたりするし、たまにどうしても眠れないとき、お母さんが頭をなでてくれると絶対に眠くなる……」

聞いていると、胸の底にゆっくりと温（ぬく）もりが溜（た）まっていくような気がする。千恵らしいなと思う。遠い遠い記憶の蓋（ふた）が開いた向こう側、幼い自分も同じように頭を撫（な）でてもらっていた。姉は昔から優しくて強かった。母の百代（ももよ）にそっくりだった。

「魔法はね、本当に大切な人ができたときに使えるようになるの。実乃里ちゃんも、いつか使えるようになるかもね」

ありきたりなセリフになってしまったと万結は思ったけれど、実乃里は神妙な顔でうんと頷（うなず）いた。

「さ、できた。出発しよっか」

「うん。お弁当、どこで食べるの?」

「市民公園の芝生」

縞田市民公園は万結の部屋から歩いて五分ほどのところにある。体育館やグラウンド、テニスコート、野球場などがあり、その中央に位置するところに公園が作られていて広い芝生もあるから、休みの日には親子連れで賑（にぎ）わう。裏山を散策する遊歩道は、市の花でもあるアヤメが群生している「アヤメ園」を囲んで整備されていて、春夏秋冬、木々や花々が美しい。昔、まだ幼稚園児だった実乃里と一緒に万結も何度か遊びに来たことがある。

平日の昼間、ほとんど人はいない。

初夏の空は爽やかで、ついこの間まで初々しい若芽をつけていた木々は眩しいほどの緑を茂らせている。さわさわと風で揺れるのにつれて濃くなった草の匂いが流れてきた。

「遊歩道、歩いてみる？」

食事にするには少し早いだろうかと誘ってみると、実乃里はすぐに頷いた。

ゆっくり並んで上り坂に向かう。

「万結ちゃん、クマ、出たりしない？」

突然、実乃里が言った。

「クマ？」

そういえば一昨年の秋に、縞田市内のもっと山の方でクマが出た地域があって大騒ぎになったことがあった。異常気象で餌のドングリが減少したのが原因だった。最近は鈴の音もクマ避けの効き目がないと聞いて、幸い被害がなくて安心したけれど、クマも生き辛くなったものだと思ったのを覚えている。

「いまはそんな季節じゃないし、ここはクマが棲めるほど深い山じゃないから大丈夫よ」

それでも実乃里は不安げな顔で辺りを見回している。そっと手を差し出すと、すぐに小さな手が握りしめた。

そのときだった。

ガサッガサッガサッ。

草を踏む音が木々の向こうから聞こえてきた。

クマのはずがないとわかっていても、そんな話をしていた直後の脳はいないはずの猛獣を連想させる。実乃里が無言のまま、いよいよ万結にしがみついてきた。

音はどんどん近付いてくる。

実乃里がぐいぐい腕に力を入れてくる。

まさか……まさか……ね。

ガサッ。

すぐ目の前の茂みが揺れた。

とっさに実乃里の腕を引いて自分の背に隠す。足元に落ちていた棒切れを拾い上げて身構え、振り下ろした瞬間。

「……うわっ」

バサッと開いた茂みの間で声がした。

そこにはジャージ姿の和樹がいた。

「ほんとうのクマには、こんな棒切れで向かっていっては駄目ですよ」

「……すみません」

苦笑している和樹に謝りながら、万結は叩いてしまわなくて良かったと息をつく。かなりきわどかったような気がする。

頭に巻いていたタオルと黒く汚れた軍手を外しながら、今日はもう帰るところだと和樹は言い、なんとなく三人並んで歩き始めた。

和樹はここにいた理由を訊ねた万結に、遊歩道の整備をしていたと言った。

「遊歩道の管理って、市からの委託か何かですか？」

「ええ、まあ」

絵画教室の先生と市民公園の遊歩道の整備。どうにも結びつかなくてなんとなく聞いてみただけだったけれど、和樹は言葉を濁して口を閉ざした。ゆらりと体から赤いもやが立ちのぼる。

ああ……そうか。

彼はいつも心の中で嘘を用意しているんだ。

唐突に、万結は気が付いた。

まっすぐ歩けば森の出口だ。偶然出会ったのだからこのまま別れてもいいだろう。失礼にならない程度に世間話をして公園に戻ろう。

「実乃里は商店街の向こうの住宅地に住んでいるんです。わたしはすぐそこのアパートで。和樹先生はこの辺りにお住まいなんですか？」

「その、先生っていうの、あんまり……。あなたは僕の生徒ではありませんし」

赤いもやが色を濃くした。

「……そうでしたね。すみません」

子どもの頃、こちら側に入るなと地面に線を引いていた近所の男の子を思い出す。あれは何をしていたときだったっけ。

「アレ」

「え？」

いきなりすっと指差されて、その先を見るとコンテナくらいのサイズの小屋があった。

「僕の家です」

黒い三角屋根を載せた直方体でブラウンの外壁は木造のようだった。高さはあるけれど面積はとても小さい。生まれて初めて見るタイプの家で、万結は思わずまじまじと眺めた。

「では、僕はこれで」

和樹がそう言ってさっさと家に向かって歩きだした。挨拶も間に合わずに万結が背中を見送ったとき、突然、実乃里が和樹を追いかけて行ってしまった。

「実乃里ちゃん！」

はっとして声をかけたときには、もう和樹に追いついて何か話しかけているところだった。こんな実乃里を見るのはとても久しぶりだ。

自分から誰かに対して行動を起こすことは、いまの実乃里にとってハードルの高いことだった。とくに拒まれそうな願い事には、けして踏み出そうとはしない。それでも実乃里は何かを話しかけている。

数メートル先の和樹は明らかに困った顔をしていた。

驚きを顔に出さないようにしながら、万結も近付いた。

「いや……でも……」

和樹の声がする。

「すっごく、おいしいの。ぜったいに、和樹先生も、食べてよかったって、思うよ。ほんとだよ」

一言一言、実乃里が一生懸命に話しているのがわかった。和樹の顔がいっそう困っていく。

「僕はまだ仕事がありますし、その……ご迷惑だと思いますよ」

ザラザラとしたノイズ。たぶん仕事がある、というのは嘘なんだろう。

「実乃里ちゃん、どうしたの？」

「あのね……ピクニックのお弁当、和樹先生もいっしょに、食べたらいいと思ったの」

だんだんと声が小さくなっていく。自分の望みひとつうまく言えない実乃里が、懸命に踏ん張っているのがわかる。

「実乃里と公園で食べようと思っていたんです。和樹せ……和樹さんも、昼食がまだなら一緒にいかがですか？」

先生と言おうとしてさっきの和樹の言葉を思い出した。たしかに、万結は生徒じゃない。わざわざ嫌だと言うのを呼ぶ必要はない。少し馴れ馴れしいような気もするけれど、いまさら「基（もとい）さん」というのもかえって変だ。

言いながら手にぶら下げていたバスケットを持ち上げて見せる。

「たくさん作ってきましたし」

「……では、お言葉に甘えて。よろしければ、うちで」

表情には出ていなくてもかなり渋々なのは容易にわかる。たぶん、それは実乃里も感じているのではないかと思うのに、どうしてこんなに和樹といることにこだわるのか万結にはわからない。それでも、我が儘を言うにも勇気がいるような実乃里の願いだ。かなえてあげたい。和樹には申し訳ないが、少し我慢してもらおうと万結は思った。

「ちょっと、待っていてください」

家の前に来るとカギを開けながら和樹が言った。

観音開きになっている二枚の扉はガラスの嵌め込まれたくすんだブルーで、和樹に引っ張られて大きく外側に開いた。向こう側には右手にL字型の小さなキッチンと、真向かいに二人掛けほどの大きさのソファが見える。和樹は見えない奥の方からテーブルを出してくると、ソファの前に置いた。

「どうぞ。狭いですが」

招かれるままに靴を脱いで入ると、ソファに促されて腰かける。フローリングの柔らかな質感が心地良い。ロフトというには広く、二階というには狭いベッドルームらしきところへ向かって大人の肩幅ほどの階段が付いていて、その下は収納になっている。向こうにはすりガラスを嵌めた引き戸がありバスルームになっているようだった。

狭いけれど機能的で無駄がなく、すっきりとした室内はすべて温かみのある木材で造られているせいか居心地が良さそうだ。さまざまな木目とメープルシロップのような色味が可愛らしい。

和樹はキッチンで、土で汚れた手を洗い、折りたたみチェアを出してきて腰かけた。

「小さい家でびっくりしましたか」

絵画教室にいるときの穏やかさで、和樹はきょろきょろしている実乃里に声をかけた。

「……うん。でも、かわいいし、きれい」

「そうですか」

大きく開いた入り口から見える景色は大自然を描いた絵画のようだ。

草の匂いや青々と茂る木の葉が風でこすれ合う音、鳥の声。

市民公園の裏手から続くこの場所は深い森の中のようで、少し歩けばコンビニやスーパーが立ち並ぶ大通りに出るというのに、まるで別世界にいるようだった。

「素敵ですね。こんなところがあったなんて、ちっとも気付きませんでした」

微笑んで、万結はバスケットからランチボックスとポットを取り出してテーブルに並べた。最後に出したおしぼりで手を拭いたあと、和樹と万結の間で実乃里はランチボックスの蓋を開けて、おずおずといった様子で和樹に聞いた。

「和樹先生、パセリって、食べれる？」

「ええ。大丈夫です」

「よかった。ディルって、パセリみたいな、味がするの」

「ディル？」

「ハーブ。万結ちゃんは、ハーブ使ってお料理したり、お茶をいれたりするの」

「そういえば、古街はハーブカフェでしたね」

「定休日は火曜日だけですから、よかったらいらしてください」

「会長や諒太さんからいつも誘っていただくのですが、なかなか機会がなくて」

穏やかな声にノイズが重なった。

「それは残念。じゃあ、食べましょうか」

いただきますと言った声が三人揃って、実乃里が小さく笑った。真っ先にサンドイッチを手に取って頬張る。きゅうっと目を閉じてもぐもぐと口を動かすのは、おいしいものを食べたときの実乃里の癖だ。

続いて和樹もサンドイッチを口に運ぶ。

万結は数個用意してきたメラミンのカップにポットからハーブティーを注いで、実乃里と和樹の前に置いた。

実乃里はパセリと言ったけれど、ディルはさらに少しだけクセが強い。もともとスパイスとして使われることが多い、爽やかな香りが特徴のハーブだ。今日使ったのはハウスで育てられた、柔らかくて香りの弱いものだからそんなに食べにくくはないと思うが、それでも人によっては気になることもあるだろう。

「お口に合いませんでしたか？　無理なさらないでくださいね」

万結がそう和樹に言ったのは、カップを置くときに目に入った表情があまりにも驚いているように見えたからだった。咀嚼を忘れてゆらゆらと動く瞳が、万結には苦手なものを口に入れたように思えたのだったけれど、和樹は万結の声にはっと我に返ったように口を動かし始めた。

「……大丈夫です。すごく……すごくおいしいです」

とてもそうは見えないが、ノイズも赤いもやも消えている。

「そうですか。よかった。お茶もどうぞ」

万結の力が間違っていたことはこれまで一度もない。

どんなに本当のようでも嘘は必ず見えるし、どんなに嘘のようでも本当の言葉にノイズは聞こえない。だから和樹が本音を言っているのに間違いない。ただ、万結には和樹の妙な反応がひどく気になった。

あっという間にサンドイッチを食べ終わって、実乃里がもう一つのランチボックスから薄緑色の焼き菓子を取って和樹に渡した。

「これは、なんですか？」

「レンギョウのマドレーヌ。これも、万結ちゃんが、作ったの」

「レンギョウ?」

「春にいっぱい咲く、黄色い花だよ」

ピンとこなかったのか、和樹は実乃里が言った花を懸命に思い浮かべようとしているようだった。子どもの言う言葉でも適当に聞き流さないところは和樹の美点のひとつだ。

「春のはじめに咲く黄色い花というと菜の花を思い浮かべる人が多いかもしれませんが、縞田市ではレンギョウなんです。家の庭でも公園でも、あちこちに植えられているんですよ。キンモクセイ科の植物で、二メートルくらいのしなった枝に二センチほどの小さな花が連なって咲いて、まるで鮮やかな黄色い噴水みたいに見えるんです。とってもきれいなんですよ。レンギョウが咲くと、春が来たなって思います」

万結の説明を頷きながら聞いていた和樹は、シェルの形のそれをつまんでしげしげと眺めていたが、やがて半分に割って片方を口へ放り込んだ。

「……ん」

そしてまた。もぐもぐ動いた口が止まって瞳が揺れる。

「和樹先生、お茶、あるよ」

喉(のど)に詰まらせたと思ったのか、実乃里が慌(あわ)てて和樹の分のカップをさらに近くへ寄せる。

こくんと和樹の喉が動いた。

「……おいしい」

おいしいという言葉を初めて覚えた人が口にしているみたいで、なんだかおかしくなってくる。作った人間としてはうれしい限りだ。

「よかった。この間のフィナンシェよりも食べやすいでしょう?」

最初の絵画教室で食べたミントと柑橘の力強い香りのベルガモットミントよりも、レンギョウは日本人には馴染みがある香りだ。お茶にすると緑茶とウーロン茶の間のような味になる。お菓子にはレンギョウの葉を乾燥させてパウダー状にしたものを使うが、見た目や香りは抹茶によく似ている。それを焼き菓子に入れると、今度はヨモギに似た風味になる。使い方によって楽しみ方も変わる面白い材料だ。

「ええ。でも……あれも、おいしかった」

ぽつんぽつんとこぼすように言う和樹は、やっぱりいつもと様子が違う。

ふわふわと流れる風が、小さな和樹の家の中をくるりくるりと巡っている。

食べるとき、実乃里はあまり話をしない。

千恵がそういうふうに躾けているわけではないのは知っている。たぶん、味わいたいのだろう。感覚が敏感な実乃里は、会話に気を取られながら食べると味がよくわからなくなるようだった。

だから、万結も実乃里と食事をするときはあまり話さないようにしている。

和樹もどうやら食事中には話をしないようだったけれど、それはとても厳しい家庭にいたからではないかと万結は思った。こんなふうにジャージ姿でボサついた髪でいても、どこか品があって育ちの良さを感じさせる。そして、わずかな寂しさが流れている。

「和樹先生、スケッチ、したい」

最初に食べ終えた実乃里がやけにモジモジしていると思ったら、意を決したように言いだした。

「いいですよ。少し待ってください」

三つ目のマドレーヌを口に入れかけていた和樹は、すぐにそれを置いて立ち上がった。

階段下の収納から一冊のスケッチブックとペンケースを取り出し、実乃里に手渡す。

「他に使いたいものがあったら言ってください。一通りのものはありますから」

「和樹先生、ありがとう」

本当に、今日の実乃里はどうしてしまったんだろう。もちろん、いい意味で。

それだけ和樹を信頼しているということだろうか。

いつになく積極的な実乃里をうれしい気持ちで眺めているうちに、そういえばと思い至って万結は訊ねた。

「和樹さんは、自分では絵を描かないんですか？」

絵画教室で教えるときにほんの少し描いてみせることはあっても、作品と呼べるような絵を描いているところを見たことがない。家の中にも、画材はあっても作品は見当たらない。絵画教室の講師をしているような人なのに一枚も自分の絵を見せないのはどうしてだろう。いったい和樹はどんな絵を描くんだろう。

万結にとってはただの小さな好奇心だった。

けれど、目の前の顔がみるみる強張っていくのを見て、はっとした。

「……僕は、教えるだけですから」

酷いノイズが重なって、真っ赤なもやが和樹の体を覆う。

聞いてはいけないことだったのだ。

きっと、和樹が絵を描かないのは何か大きな理由があるのだろう。

せっかくの和やかな時間を台無しにしてしまったと、万結は内心うなだれた。

「そうですか。余計なことをお聞きしてしまって。ごめんなさい」

それでも、どうにか微笑んで言うと、和樹は「いえ、そんな」と微笑み返してくれた。

「今日は我が儘を言いまして、申し訳ありません。いまさらですが、急にお邪魔してしまって大丈夫でしたか？」

「ここにお誘いしたのは僕の方ですよ。こちらこそ、とてもおいしいランチをごちそうになりました。ありがとうございます」

マドレーヌを食べ終えて、ハーブティーをゆっくりと飲む。

ふうっと息を吐いた和樹が、外で草のスケッチを始めた実乃里を眺めた。

「実乃里さんはあなたの……万結さんの姪御さんでしたね」

律儀に名前を呼ぶ和樹が微笑ましい。絵画教室の中での優しいルールをきちんと守ろうとする。真面目な人なのだろうと思う。

「はい。姉の娘です」

「僕は絵のことしかわかりませんが、実乃里さんの描く絵を見ていると、とても愛されて育ってきたんだなと感じます。実乃里さんにはきちんと受け入れてもらえる環境がある。だから、もうすぐだと思います。その……辛いところにも、向かっていける力が出てくるのは」

眩しい日差しの中で、白く輝くスケッチブックに夢中になって鉛筆を動かしている実乃里に、一か月前の青い顔で俯いていた実乃里が浮かんで消えた。

「ありがとうございます。そうなったらいいなと思います。……それまで、のんびり見守ろうと思います」

「のんびり、ですか」

「ええ。本当に辛いことを乗り越えるとき、自分で決めて自分の力で足を踏み出さなくてはならないから。その『時』を決めるのも実乃里自身でないと。だから、わたしはそれを邪魔しないようにしたいんです。わたしには実乃里に付き合える時間がたくさんあるので」

「そう……ですか」

「縞田絵画教室の方々は本当に良い方ばかりですね。会長や諒太さんは以前からお世話になってきましたけど、洋子さんも彩菜ちゃんも留佳くんも、実乃里に優しく接してくれるし、なにも聞かないでいてくださるから、ありがたいです」

空いた和樹のカップにポットからハーブティーを注いだ。

あ、どうもと低く声がして、すぐに骨ばった手が口元へ持っていく。

「ハーブティーってあまり飲んだことがなかったんです。えぐみやクセがあるような気がして。でも、すごく飲みやすくておいしいんですね」

一気に飲み干して、そのまま手の中のカップを見つめながら和樹は続けた。

「……僕が縞田絵画教室の講師をするようになったのはこの四月からです。それまでは僕の恩師が講師をしていました。彼は絵を描くことで自分と向かい合い、心を癒して前に進むことができると考えていました。とくに昼部は、そういう場所として力を入れていた。僕は彼の理念を引き継いだに過ぎませんが、教室の皆さんはたぶん、自分の経験から実乃里さんのことを深く受け入れているんだと思います。会長が言っていた通り、あそこには……悩みを抱えた子どもを質問攻めにしたり心無い発言をしたりする大人はいません」

まだ若い彩菜や留佳までもが、ちょっとした端々に成熟した思いやりを見せることを万結は不思議に思っていたが、自分自身も何かしらの傷を負っているからこそだったのかと、納得すると同時に切なくなった。

「ここだけの、お話にしてください」

「もちろんです。付き添いのわたしを安心させようとしてくださったんでしょう？　ありがとうございます」

「……あなたは…………ですね」

口の中で呟くように和樹が何か言った。

聞き取れなかった声に耳を澄ませたときにはもう言葉は終わっていて。

「え？」

「いえ……なんでもありません」

ザザザとノイズが重なる。

「和樹先生」

実乃里の声がした。

座り込んでいたところで立ち上がって、こちらを向いている。

「どうしました」

絵画教室にいるときと同じように、和樹は実乃里に歩み寄っていく。スケッチブックを覗(のぞ)き込むふたりの横顔が見える。

絵を描くことで自分と向かい合い、癒し、前に進む。

実乃里を見ていると、和樹の恩師だという人の言葉の意味がよくわかる。そして和樹自身もまた、水が器(うつわ)から器へ移されるように恩師の心を受け継いだのだということも。

きっと実乃里のように、立ち止まって傷を癒さなければ進めない人間はたくさんいる。けれど大半は癒すための時間も場所も得られずに、傷の痛みに耐えながら生きていく。その痛みに周囲は気付くだろうか。理解できるだろうか。もっとひどい傷を付けたりはしないだろうか。そうやって傷付けられた人が痛みに耐えきれなくなったとき、いったいどうするだろう。

こういう思考にとらわれるとき、万結は湖の底にいるような気持ちになる。音のない冷たい湖の底からゆらゆらと光を揺らす水面を見上げるような気持ち。

ひとりきりで膝を抱えて見上げる水面の向こうの世界を、万結は知らない。ぼんやりとしか見ることができない。同じように、水面の向こう側からは万結のことをはっきり見ることはできない。本当の万結を誰も知らない。

水面はほんの薄い境目でしかないのに、それが隔てる世界は遠く遠く離れている。理解されない者と理解できない者。善悪よりも離れたふたつがたしかに存在するのだ。他人を傷付けている人間がもしかしたら自分であるかもしれないと考える人がまれなように、相手がおかしいのではなく自分が理解できないだけかもしれないと考える人は少ない。ほとんどの人はみんな、自分が正しいことを疑わない。

カップの底に残っていたハーブティーがゆらりと光を揺らす。まるで水面のようだと感じて、思わず一気に飲み干した。息を吐く。そっと体を伸ばして、あらためて辺りを見回した。そして、ここには物がほとんどないのに気付いた。

キッチンにはシンプルな小さいケトルとコーヒーミル。螺旋状のバネのような形をしたドリッパー。コーヒー豆の入った透明な小振りの容器。調理道具らしきものは見当たらない。さっきの階段下の収納にも画材とずいぶん大きな黒いバックパックがひとつあるだけだった。ソファも作り付けのもので、もともと付属していたらしいマットはあるけれど、クッションなどはひとつもない。

　こんなに生活感のない家を見たのは初めてだ。

　旅人の仮の住処。そんな感じがする。いや、それでも数か月もひとところにいれば、余計なものが増えていくのではないだろうか。この家はまるで、この場所に引き留められまいと拒んでいるようにさえ見える。

「荷物、少ないんですね」

　隣に戻ってきた和樹に微笑むと「はあ」と曖昧に頷いた。

「ここも……ほんとうはもっと簡単な小屋でいいと思っていたんですが、雪国の冬をなめるなと叱られまして。結局、タイニーハウスみたいになってしまいました」

「タイニーハウス？」

「トレーラーハウスのような最低限のスペースの家です。アメリカが本場みたいですが、オーストラリアにいたときに見たことがあって……」

「ご自分で作ったんですか？」

「いえ。設計だけ。もっとこう……人が住まなくなったら、朽ちて土に還るような家がよかったんですけどね」

　和樹は穏やかに笑ったが、万結は胸がすっと冷たくなった。いつでもいなくなれるように。そんなふうにしか聞こえなかった。

彼はどこから来て、どこに行こうとしているんだろう。

雪国の冬を知らないのなら、生まれは雪のないところだろう。故郷を離れて、大きなバックパックや画材の入ったトランクを持って、風のように生きてきたのだろうか。和樹の家からは、必要最低限の物で生活しようとしているのではなくて、身軽でいることで根を張らずにすむと思っているような――どことも誰とも深く関わることなく生きていこうとしているような、そんな心情が透けて見えるようだった。

きっとこの人は、誰にでも優しく丁寧に接していても、いつか時が来たなら、彼を心から思っている人のそばからであっても消えてしまう。

和樹の中に漂う哀愁のようなものは、容姿と相まってたしかに人の心を惹きつけるのだけれど、それは彩菜が和樹を評して言う「男の色気」などという種類のものではなくて、万結には何かをすっかり諦めてしまった人の閉ざされた心に思えた。

和樹の穏やかさには、そういう匂いがする。そしてその匂いを、万結は誰よりもよく知っている。長い間、自分自身が心の奥に飼ってきたものだ。

暗く沈み込んでしまいそうな気持ちを切り替えようとして何気なく背後に目を向けたとき、万結の斜め後ろの小さな棚にフォトフレームが置いてあるのに気付いた。光の反射で何の写真か見えずに少しだけ覗き込む。

余計なものが見当たらない家の中でたったひとつの装飾品。自分で思うよりも強く興味をひかれたのだと思う。深く考えずにその写真を見てしまっていた。そして見てすぐに、これは見てはいけないものだったのではないだろうかと後悔した。なぜか、そんな気がする写真だった。

和樹がこちらを見ているのがわかる。

「きれいな人ですね」

申し訳なく思いながらも見なかったことにすることもできずに、ありのままに感想を伝えるが応えはない。

古い写真だったし少し傷んでいたけれど、万結にはその写真がとても大切にされてきたものだとわかった。写真の中の美しい女性は、はっとするほどに儚くまるで天女のような人で、万結は夏の夕方の水やりのときに飛び立つクサカゲロウの翅を思った。

この女性は、和樹にとって特別な人なのだろう。

奇妙な沈黙が流れている中へ、タタタッとひなたの匂いが飛び込んできた。

「和樹先生、かき終わったよ」

実乃里が満足顔で戻ってきたのを機に、このまま帰ることにする。実乃里はまだいたそうだったけれど、これ以上いては和樹が見せたくないと思っているものに、土足で踏み込んでしまうような気がして怖かった。

「よろしかったら残りのマドレーヌ、召し上がってください」

「すみません。ありがとうございます」

いらないと言われるだろうかと思ったが、和樹は素直にランチボックスを受け取った。

「では、これは次の教室でお返ししますね」

「和樹先生、ちゃんとぜんぶ、食べてね。レンギョウはね、元気になるんだよ」

「元気に？」

「抗酸化作用が高いんです。他にも、ポリフェノールやカリウムも含まれていて。ちなみに、レンギョウの葉を使ったお茶やスイーツを作ったのは、縞田市が初めてなんですよ」

不思議そうな顔をした和樹に万結が教えると、彼は再びランチボックスに目を落とした。

「すごいな……。今日は特別尽くしの日だったわけですね」

小さく漏れた言葉に苦笑する。

クマと間違えられて棒で殴られそうになり、思いもしない人間と出くわして、招待するつもりなど微塵もなかった自宅で昼食を一緒に食べることになった。たしかに特別だらけの日だったろう。

「和樹先生、あの、あの……。あの、また、来ても、いい?」

一瞬、和樹が答えに困ったのがわかった。けれど、すぐにいつもの微笑みを浮かべて頷いて「いいですよ」と実乃里に答えた。

和樹の胸の辺りに赤いもやがほんの少し揺らいで消えた。

嘘とも本気とも、どちらにも見えるもや。

できることならば、実乃里にとって和樹や教室の存在が居場所になったように、和樹にとってもこの街が居場所になってくれたらいい。立ち止まって癒されなくてはならないのは、和樹もまたそうなのではないかと万結は感じていた。

5 ディルのホットミルク

もうすぐ小学校は夏休みに入る。

そんなある日の夕方、千恵が古街にやってきた。

これまでかたくなに、両親不在の家で留守番をすると言ってきかなかった実乃里は、和樹の家で過ごしたあと、源助の誘いに応じてカフェで一日を過ごすと言いだしたからだった。

千恵は、実乃里が学校に行けなくなってから、朝十時から夕方三時までで昼休憩なしという勤務時間を認めてもらっていた。少しでも実乃里をひとりにしないでおけるようにだった。職場の上司や同僚に恵まれたと言っていたが、万結は千恵が日頃から立派に仕事を果たしているからだろうと思った。そんなことを言うと千恵は「やめてよ。そんなんじゃないのよ」と職場の良さを力説するのだろうけれど。

実乃里がカフェで過ごせれば、通常の勤務時間に戻ることができる。学校にもそのことは伝えてあると千恵は言った。

「先生方も実乃里が安心して過ごせる場所にいさせてやってほしいと言ってくれたの」

「そりゃ良かった。文句言われたらかわいそうだと思ってたんだ」

源助がほっと胸を撫で下ろす。

「文句なんて……。でも、理解されない場合もあるものね。実乃里はラッキーだったわ」

千恵は笑った。

『子どもを甘やかしすぎじゃないの？』

古い映画のセリフのように、記憶の隅から声がした。

誰が言ったのか覚えていないが、たしかに万結は言われたことがある。いや、言われたのは母の百代だったたか。万結はそばにいて、言われる母に胸を痛めていた。どうしてお母さんが悪く言われなくてはならないのだろうと悔しく思いながら。

「ゲンさん、万結ちゃん、お世話になります」

頭を下げた千恵に、よしてよと源助が手を振った。

「実乃里ちゃんにとってここが安心できる場所だなんて、俺はうれしいんだからさ」

「そうだよ、お姉ちゃん」

百代も万結の知らないところで、こうして頭を下げていたんだろうか、と万結は思った。

嘘が見える力のせいで、トラブルの多い子どもだったと思う。覚えていないことも多いけれど、振り返ってみれば容易に想像ができる。姉である千恵が迷惑をこうむったことだって少なくなかったはずだ。いま、こうして少しでも千恵の役に立てるのなら、それは万結にとって恩返しができるような気がしてわずかでも心が軽くなる。

千恵は何度も礼を言って帰っていった。その日一日のハーブが濃く香る閉店後の店内で、万結と源助は黙って千恵の背中を見送った。

「万結ちゃん、俺は腫れ物に触るような接し方はしないからね」

「……え？」

突然、明日の準備の作業をしながら源助が言った。

「俺は千恵ちゃんや万結ちゃんと同じくらいに実乃里ちゃんが大事だよ。でも、それでも苦しい気持ちをすぐに全部理解するなんてたぶんできない。それでもね、わかりたいと思っているってこと、ちゃんと伝えていきたいんだよ。機嫌や顔色を見て体よく付き合うなんてことしたくないんだ」

昔から源助は変わらない。

万結が力のせいで変な子だと言われていたときも、源助はいつも声をかけてくれた。他の子どもと分け隔てなく笑顔を向けてくれることが、万結にはとてもうれしかった。特別に何かをしてほしかったわけではない。ただ、当然のように話しかけ、うまく答えられなくて会話にならなくても変わらずそばにいてくれる。それが、何よりもうれしかった。

あの頃の万結にも、いまと同じことを考えてくれていたのだろう。源助の実乃里への思いがそのまま再び自分にも注がれたような気がして、万結はその温かさを噛みしめた。

「いつものゲンさんのままで大丈夫ですよ。きっと実乃里ちゃんにも伝わります」

「だといいなぁ」

しみじみと言ったあと、源助がそういえばと呟いた。

「万結ちゃん、ディルシードをもらったんだよ」

「よかったですね。園田さんですか？」

ショートカットの日焼けした笑顔を思い浮かべる。園田真澄さんは隣町でハーブ畑を作っている人で、カフェ古街のハーブはだいたい彼女の畑から仕入れていた。馴染みのよしみで、ときどき商品とは別にプライベートで育てているハーブを譲ってくれる。ディルシードはディルの種。定期的に手に入らないためカフェのメニューで使うことはないけれど、これで作るホットミルクは源助の思い出の味らしい。

ディルは不思議なハーブのひとつ。

面白い言い伝えを持つものや変わった使われ方をしてきたハーブは多いが、万結はディルが一番好きだ。

悪魔の魔法を解き、邪眼を除け、魔女の呪文や魔術を助ける。そんな物騒な力を期待されているくせに「むずかりのハーブ」と呼ばれて、ディルシードのホットミルクは子どもがむずかったときに落ち着かせるために飲ませることがある。古代北欧語で「なだめる」という意味のｄｉｌｌａからきている名前には、なだめ草という可愛らしい呼び名もついている。

実際、ディルにはさまざまな効能があるから、古代ヨーロッパの人たちは口にしてみてディルの持つ力と優しさに驚いたに違いない。なだめ草の大きな慈愛は悪魔も子どももすべてをなだめてしまうと思っただろうか。

源助の思い出も、ひょっとすると誰かにディルで癒された優しい記憶なのかもしれない。なんとなく、園田さんはその「思い出」を知っているのではないかと思っている。聞いてみたい気がするけれど、源助が自分から話さないことは聞かないと決めていた。万結ちゃんは大人だねなんて、会長は言うがそんなんじゃない。源助に嘘をつかせたくないだけだ。

「わたしもディルシードのホットミルク、飲んでもいいですか？」

「もちろんだよ。一緒に飲むのが楽しみだな」

機嫌よく源助は言い、ちらりと時計を見て、さて終わりにしようかと言った。


数日後、実乃里は緊張した面持ちでやってきた。

「よお、今日からよろしくな、実乃里ちゃん」

千恵に連れられて赤ちゃんの頃から店に来ていたから、源助のことはよく知っている。見た目がプロレスラーでも怖がることはない。

「ホールはお料理運んだりして危ないから出ないでね。庭には自由に出て大丈夫。カウンターの内側に実乃里ちゃんの場所も作ったから」

微笑んで言うと、わずかにほっとしたような顔になって頷く。

「……よろしく、お願い、します」

少しの間もじもじしていた実乃里は、小さい声ではあったけれど源助と万結に向かってそう言って頭を下げた。

「バイトの子たちにも話してあるから、大丈夫だよ」

源助も微笑む。

小振りの机と椅子は源助がスペースに合わせて作ったものだ。

「わぁ……」

吐息のような声を漏らしてうれしそうにそれを撫でる実乃里を、源助が目尻を下げて見つめている。

「何かいるものがあったらいつでも言ってね。忙しそうだと思っても、とりあえず言ってみて。すぐにできなかったとしても、ちゃんとあとで用意できるから」

コクリと縦に振られる三つ編みの頭。

さっそく机の上に、持ってきたカバンからスケッチブックや筆記用具、夏休みの宿題を取り出して置いている。表情の硬さはあっても絵画教室に行くときのような目をしているのに気付いて、やっぱり実乃里の中で何かが変わったのだと思う。初めての環境にも沈まない実乃里にうれしくなる。

学校でいったい何があったのか、結局まだわからない。

千恵にも万結にも実乃里は学校のことを話そうとしない。わかってもらえないから、というのではないと思う。もしかしたらまだ痛くて触れることができないのだろうか。そうだとしたなら、それほどまでの傷をなぜ負うことになったのだろう。

「万結ちゃん、お庭行ってくる」

「どうぞ」

笑顔で答えると、実乃里は安心したようにスケッチブック片手に庭に出ていった。

もともと誰にでも人懐っこいわけではないにしても、実乃里は心を開いた相手には素直に自分の気持ちを見せることができたし、思いやりのある賢い子だ。人の嫌がるようなことをするとか、怒らせるとか、そういうことも想像ができない。友達とのトラブルなんて起こるとは思えないのだ。いじめられたわけではないようだと千恵は言っていたけれど、そうなると実乃里が学校に行けない理由がまったくわからない。あの小さな体に、何を抱え込んでいるんだろう。

もしかして……と、思わないわけではなかった。

もしかしたら、自分と同じような力を持っているのではないだろうか。そのせいで幼い頃の自分のように苦しんでいるのではないだろうか。と。

でも、それはあまりに悲しくて辛い「もしかして」で、万結は確かめることができないでいる。大人になったいまでも乗り越えられないでいることを、いったいどうやったら大丈夫だよと言ってあげられるというのだろう。

「万結ちゃん？　どうかした？」

「……いえ。何も。もうすぐここ終わるので」

「いいよ。まだ時間あるし。はい、これ。バイトの子のシフト変更あったからチェックしておいてね。今日は十時半から頼んであるから、来たらよろしく。あとね、カモミールに合わせてマンゴーのタルト用意しておいたから」

「はい。わかりました。おすすめしますね。ランチメニューはどうします？」

いつものように打ち合わせをして、開店準備の仕上げをする。

ギターのインストゥルメンタルが『ニュー・シネマ・パラダイス』の愛のテーマを奏で始めたところでドアのベルが鳴った。

「あぁ、ほら、やっぱり流れていた。僕が言った通りだろう？」

「ほんとうね。これ、わたしが一番好きな曲よ」

「そうだったね」

言いながら店に入ってきたのは常連の老夫妻だった。

先にドアを開けて優雅に夫人をエスコートするレディーファーストはいつもの光景だ。

「いらっしゃいませ。おはようございます」

「おはよう」

「おはよう。ここはいつもいい匂いね。ほっとするわ」

指定席になっているカウンターにふたり並んで腰を落ち着けると、まぁ、と夫人が声を上げた。

「ハーブの畑の中に天使がいるわ」

大きなガラス窓の向こうにハーブのスケッチをしている実乃里が見える。

「わたしの姪なんです。実乃里といいます。しばらく店にいますので、どうぞよろしくお願いいたします」

一瞬、怪訝な顔をしたふたりだったが、すぐに大きく頷いた。

「たしかに、ここは天使が羽を休めるには最高のカフェだ」

そう言って、にこやかに庭の実乃里を見つめている。

夏休みにはまだ少し早い時期、学校にいるはずの小学生らしき子どもがカフェにいることの意味を、すぐに察して温かく見守る目をしてくれた。

そういう人たちだと知ってはいたけれど、やっぱり素敵なご夫婦だと思う。

ふたりは万結の諦めてしまった憧れだ。

「今日のおすすめはなぁに？」

「カモミールティーです。梅雨前に咲いた一番香りの強いものを乾燥させているので、いつもよりもっと楽しんでいただけると思いますよ」

「じゃあ、わたしはカモミールティーと、それに合うお菓子をいただくわ」

「ありがとうございます。では、マンゴーのタルトはいかがでしょう。カモミールは甘みの強いトロピカルフルーツと相性がいいので、特別にご用意したスイーツです」

「いいわね。楽しみだわ。あなたはどうします？」

「そうだな。では、僕も同じものを」

「はい。承知いたしました」

　カウンターの内側でカモミールティーの準備を始めると、いつになくしんみりした声が低く聞こえた。

「いつの時代も、一番優しいものが一番傷付く。天使は無邪気に笑っているのが似合っているというのにね」

「……はい」

　万結がじわりと目尻に熱いものが込み上げてくるのを堪えて再び庭に目を向けると、優しい天使が視線に気付いたのかこちらを向いた。

　見知らぬ老夫婦にニコニコと見られていることに驚いたらしく、ぴょこんと立ち上がると情けない顔で万結を見る。おいでと手招きするとスケッチブックを閉じて歩いてきた。

「こんにちは……」

　夫妻を紹介すると、実乃里は頭を下げた。

「まぁ、ほんとうに可愛い天使さん」

「そうだね」

天使などと言われて恥ずかしかったのか、実乃里はすぐにカウンターの内側に入って机に向かって小さくなってしまった。

「ふふふ。ごめんなさいね。びっくりさせちゃったわね」

夫人は愛おしそうに言い、万結は実乃里の背を撫でる。

もしも羽でもあれば、実乃里が傷付かずにいられる場所へ飛んでいけるのだろうかと思いもする。でも、実乃里に羽はなく、天使でもない。苦しいかもしれないけれど、それでもこんなふうに温かい人たちがいるこの街で、自分の足で歩きだすしかない。

「大丈夫よ。苦しんだ人ほど、幸せになるものなんですから。きっと実乃里ちゃんは幸せになるわ。……わたしたちは、そうだったわよ」

ふっと顔を上げた実乃里が、きれいな目でじっとふたりを見つめた。


実乃里がカフェで過ごすようになってから、和樹も昼食をとりに来るようになった。

午後からの絵画教室の開始時間が変わり、だいぶ空(あ)いてしまった時間をゆっくりと過ごせるようになったとノイズまじりに言っていた。きっと実乃里の様子が気になっているのと、ハーブ料理が気に入ったのと、意外に源助と気が合ったのと。

「……先日はすみませんでした」

カウンターの席に座って彼は言ったのだけれど、何のことだかすぐにわかっておかしかった。

「いえ、和樹さんのせいじゃないですよ」

和樹の家に行った次の週の絵画教室で、ランチボックスを返してもらったときにちょっとした騒ぎになったのだ。

『万結さんの裏切り者！　とっちゃダメって言ったじゃないですかぁ！』

きっと勘違いするだろうからと、こっそり返してもらっていたらすぐさま会長に見つかって、面白がった会長のからかいから彩菜(あやな)の大騒ぎにつながった。それをまぁまぁと留佳(るか)がなだめたのに、しかたないよ彩菜ちゃん相手は万結ちゃんだからねなんて諒太(りょうた)が火に油を注ぎ、あらあら和樹先生も年貢(ねんぐ)の納め時なのかしらなんて洋子(ようこ)までが乗ってきた。

『わたしだってそのうち、大人のイイ女になるんですからね！　いつまでも子ども扱いさせないんですからね！』

彩菜が唇を尖らせながら、つんと顎を上げてみせる。

もしも妹ができるならこんな女の子がいいと万結は思っていた。無邪気であけっぴろげで、それでいて他人の心に敏感だ。奔放なようでいて、けして我が儘ではない。

ああもう、ほんとうに可愛い。あんまり可愛らしくて、こんなとき万結はいつもくすっと笑ってしまう。

『万結さん、笑わないで!』

まだ耳に残っている彩菜の声は恋をしている女の子の声で、少しだけ羨ましいと思ってしまった。誰かをこんなに好きになるのはどんな気持ちなんだろう。

なぜか一瞬、和樹の家で見た写真の女性が浮かんだ。

「あ、やっぱり、和樹さんのせいかも。彩菜ちゃん、本気で好きですよ。和樹さんのこと。どうするんですか?」

「いや、一時のことですよ。留佳くんがいますからね」

「気付いてたんですか?」

「見ていればわかります。彼は見かけよりもずっと大人だし、とても優しい人ですから、きっと彩菜さんを大切にし続けるでしょうし、彩菜さんも近いうちに彼の存在の大きさに気付くと思いますよ」

淡く優しげな笑みを浮かべてカップを傾ける。

「さすがイケメンはわかってる」

源助が厨房から和樹が注文したサンドイッチを持ってきた。

「はい、ディルとサーモンのサンドイッチ。ずいぶんと気に入ってるんだね。他のも試してみたらどう？」

「そうですね……そのうちに。いつもすみません」

ノイズはないから嘘ではないのだろうけれど、店に来るたびにこのサンドイッチを食べる和樹が他のメニューを注文するのは、たぶんずっと先だろう。

『あのサンドイッチは、ありますか？』

最初に店に来た日、和樹は万結に訊ねた。少し緊張した面持ちで、メニューも見ずに言うのがらしくなく、いったいどうしたのだろうと思いながら源助に話してみると、ちょうどランチ用のサーモンがあるからとすぐに作ってくれた。

『これ、メニューにはないんだけどね、実乃里ちゃんもお世話になってるし、毎日来るなら用意しておくよ』

和樹の様子を見ていた源助が帰り際にそう言い、よろしくお願いしますと彼は頭を下げて店を出ていった。

『……万結ちゃん、彼のこと見ててあげた方がいいよ。なんていうか、生まれたばっかりの赤ん坊みたいだ』

ガラス越しに遠ざかっていく和樹の後ろ姿を見ながら、源助が言った。どういう意味かと問いかけようとした言葉はランチタイムの忙しさに紛れて出せずじまいとなり、なんとなくいまだにそのままだ。

それから毎日、和樹は昼時に店にやってきて、ディルとサーモンのサンドイッチとハーブティー、焼き菓子をひとつ食べて次の教室へ向かう。

あの日偶然に、和樹の家で三人で食べたランチのメニューをなぞっているのは気付いていたが、よほど気に入ったのだろうと思った程度だった万結は、もしかしたら源助には自分が見ているのとは違う和樹が見えているのだろうかと思った。

実乃里は和樹が食べ終わるのを待っていて、庭でのスケッチの成果を見てもらうのを楽しみにしている。観賞用に育てている庭のハーブは店で使うことはないので、適度な剪定はしても基本的には育つに任せている。花も摘まないから、ふだん口にしているハーブがどんな花を咲かせるのかを見ることもできる。

いいですね、と、いつもの先生の顔で和樹に言われるのが実乃里はうれしいらしかった。

最初の絵画教室で和樹に貸してもらった水彩画の描ける色鉛筆を、そのあとすぐに千恵に買ってもらって愛用していて、いまではずいぶん扱いも上手くなった。

少しずつ少しずつ、進んでいく毎日は穏やかで。

このまま夏休みになって、実乃里も学校に行けないでいることを気にせずにすむ期間が始まって、そうしたらもっと元気になっていくだろうか。そんな期待を持って過ごしていたときだった。


その日もランチタイムは満席だった。

運の悪いことに厨房を手伝うバイトの子が急に来られなくなり、万結は源助を手伝うために厨房に入っていた。実乃里のことが少し心配だったものの、これまで何事もなかったし和樹も来ている。

「万結さん、和樹さんが呼んでます」

そろそろ一段落付きそうかと思いながら手を動かしていたときだった。

カウンターを任せていたバイトの女の子が厨房に入ってきた。こんなふうに和樹が万結を呼び出したことなど一度もない。行っておいでと源助が言ってくれて女の子と一緒に店に出ると、すぐにホールのテーブルのそばに立っている実乃里が見えた。

「どうもありがとう、仕事に戻ってください」

はい、と女の子はレジ前のお客さんに気付いてそちらへ向かった。

「万結さん」

カウンターの和樹が声をかけてくる。

「あのお客さんたち、庭から入ってきた実乃里さんを見つけて話しかけ始めたんですが、ちょっと様子がおかしい気がするんです。取り越し苦労ならいいんですけど……。万結さんのお知り合いですか」

ちょうどテーブルに背を向けている和樹は、カップを手にしたまま小声で言った。

テーブルにいるのは四人とも女性で、年齢的には千恵と同じくらいに見えるが、どの顔も知ったものはなかった。もしかしたら実乃里の学校の保護者かもしれない。たしかにしきりに実乃里に話しかけている。何を言っているのかここからは聞こえない。ただ、立ちのぼる赤いもやが不気味に揺らめいているのが見えた。

とりあえずそばに行こうと、カウンターを出たときだった。

俯(うつむ)いたままの実乃里の横顔が真っ青なのに気が付いた。

「うちの子も心配してたのよ。みんな待ってるから、勇気出して」

「そうそう。うちもね、ちょっと学校に行けなくなったことがあったけど、いまは平気で行ってるわよ。もうあと少しで夏休みだもの。終業式だけでも行ってみたら。みんな喜ぶと思うわよ」

「保健室に登校するのもいいんじゃない？　できるところから、ちょっとずつ頑張っていけばいいじゃない」

「自分で思っているよりも、案外なんでもなかったりするものよ」

他のお客さんの迷惑にならないように気を配りながらテーブルに近付いていくと、口々に言う声が聞こえてくる。それは酷（ひど）いノイズにかき消されそうだった。さっき見えた不気味な赤いもやはさらに色を濃くして、万結は気持ちの悪さに思わず顔をしかめそうになるのを堪（こら）えた。

「お客様、いかがなさいましたか」

すっと実乃里が万結の後ろに隠れた。ぎゅっとエプロンを摑（つか）んでいるのが伝わってくる。

「わたしたち、この子と同じクラスに子どもがいるの。ずっと学校に来ていないって聞いていたから心配していたんだけれど、こんなところにいたものだから。……ねぇ」

「そうそう。親の姿も見えないし、ひとりで来たのかと思って声をかけたのよ」

商店街の人間なら、ほとんどがこの店と実乃里の関係を知っている。千恵と仲の良いママ友もたぶん知っているだろう。知らないということはその程度の関係の人たちだろうし、客としても見覚えのない顔だ。だいたい、こんなに実乃里が怯えている。

早く離れた方がいい。

「そうでしたか。お気遣いいただきまして、どうもありがとうございました」

笑顔で丁寧に礼を言って実乃里を連れて戻ろうとしたとき。

「感じ悪いわね」

背中で声がした。四人のうちの誰かだとすぐにわかった。

けして大きな声ではないけれど、こちらに聞こえないように話そうとしている感じでもない。底に淀むものを感じさせる声だった。こういう声には覚えがある。

『こんなに心配してあげてるのに、ほんとに可愛げのない子ね！』

あれは誰だったろう。

頼んでもいないことを先回りしておいて、感謝されなければ怒りだす。あのときは心底腹が立ったし憎らしく思った。たしかセーラー服を着ていた頃だった。

今は少しだけ、こんなことを言う人間の気持ちも理解できる。人は誰でも「良かれと思って」望まれる前に余計なことをしてしまう。それを正しいと信じて。その正しさが受け入れられないとき、怒りや悲しみを感じるのだろう。本当の思いやりには忍耐がいるものだ。

　ただ、実乃里の怯えにはそれだけではない何か理由があるような気がする。

「小学三年生にもなって挨拶（あいさつ）も返事もできないなんて、親がこんなところに放っておくからじゃないのかしら」

「わたしなら、子どもが大変なときはずっとそばにいるわ」

「そうよね。愛情不足じゃない？　かわいそうに」

「不登校も引きこもりも、原因はだいたい愛情が足りないからだって言うじゃない」

　実乃里の体がそれとわかるくらいに、肩を抱いた万結の手の下でガタガタと震えだした。

「……あんなの気にしないで」

　歩きながら囁（ささや）きかけたときだった。実乃里が突然、くるりと四人の方に向いた。

「リリカちゃんも、ミホちゃんも、ナルカちゃんも、チヨミちゃんも、学校で、バカとか死ねとかウザいとか殺すとか、ずっと言ってるんだよ。言われた子が泣いても平気な顔して、なに泣いてるのダサいって言って笑ってるんだよ。教室にいるとここが痛くなるの。だから行けなくなったの。お父さんもお母さんも万結ちゃんもゲンさんも和樹先生も……みんなみんないっぱいやさしくしてくれるもん。アイジョウいっぱいくれるもん。たりなくなんかないもん！」

自分の心臓辺りの服をぎゅうぎゅう握って、もう少しであふれ出そうに涙を溜めて、実乃里はハッキリと言い切った。歪められた顔が、震える体が、どれだけ必死に言葉を絞り出したのかを伝えてくる。それでも黙っていることができなかったのだと伝えてくる。

実乃里が名前をあげた四人の子どもは、目の前にいる四人の女性の子どもだったのだろう。あれほど優しそうにしていた顔は、どれも怒りをあらわにしていた。

「そんな酷い嘘までつくなんて！　心配して損したわ」

ひとりが言った言葉に、他の三人もまったくだと頷いている。

「嘘なんか……」

ついていませんよと言いかけた言葉が詰まった。万結もまた、湧き上がる感情で体が震えてくるようだった。それが怒りなのか悲しみなのかわからない。ただ、長い間抑え込まれてきたものが、実乃里の心とシンクロするように万結の奥底から湧き上がってくる。

実乃里を強く抱き寄せたまま立ち尽くしてしまったときだった。

「この子は嘘をついていないと思いますよ」

いつの間にか厨房から出てきていた源助が、こちらに向かって歩きながら微笑んでいた。

大柄で格闘家のような源助の姿に、目の前の四人の顔色が少し変わったのがわかった。

「あ……あなたなんかに、どうしてそんなことわかるのよ！」

口々に言う姿はまるで般若のようだ。さっきまでのいい人そうな姿よりも、こちらの方が本当なのかもしれないと思わせられる。

他のお客さんたちもざわつき始めていた。

なにより早く実乃里を助けたいのに、どうしていいのかわからない。

すぐそばまで来た源助が、そっと万結の背に手のひらを当てた。大きな温かさに包まれるような感覚に、知らず力の入っていた全身がほっと緩む。

「子どもの嘘など、聞けばわかるもんでしょう」

源助のノイズのない声が穏やかに言った。

「は？　じゃあ、うちの子が悪いってこと？」

「それは、お母さんが一番よくおわかりなのではありませんか？　……本日はせっかくお越しいただきましたのに、ご不快な思いをさせてしまい、大変申し訳ございませんでした。お代はけっこうですので、どうぞお引き取りください」

阿吽の呼吸で、バイトの子がドアを開けた。

カランと高くベルが鳴る。

「別の、もっとマシな店に行きましょう」

万結は、ぞろぞろと彼女たちが出ていくのをきちんと見送る源助の背中を見つめる。実乃里を抱きしめる自分の手が震えているのがわかった。

バイトの女の子がドアを閉めてこっそり「べ～ッ」と舌を出す。

しんと静かになってしまった店内に、ギターの音だけが流れていた。

どうしよう。

とんとんと万結の背中を叩いて離れていった大きな手のひらが、小さくパンと音を立てた。源助が手を打ったのだ気付いたとき、隣からのんびりとした声が店内に響いた。

「皆さん、大変お騒がせいたしました。申し訳ございません。お詫びに、古街特製スペシャルドリンクをサービスさせていただきたいと思います。お客様のなかで、牛乳が苦手な方はいらっしゃいますか？」

手は上がらない。大丈夫よねと、小さな声が飛び交った。

「では、ご用意いたしますので少々お待ちください」

ニッコリ言って、実乃里と万結を連れて源助はまっすぐカウンターの内側へ戻った。

「ゲンさん……」

「大丈夫かい？　とんだ災難だったね。ふたりともかわいそうに」

ノイズのない声は優しく、万結はしゃがみ込みたいような気持ちになる。

「……お帰りなさい」

和樹がそっと万結に言ったあと、源助に向かって言った。

「何かお手伝いできることはありますか」

「なに、和樹くん、手伝ってくれるの？」

「ええ。何かあれば」

「そりゃあいい。あるある、ちょっと待ってて」

急遽源助はディルシードのホットミルクを作り、とっておきのギュラルポルセレンのカップに注いだ。

ギュラルポルセレンはトルコでは有名な大きな製陶工場だ。オスマントルコ時代にアラビア半島から伝わったコーヒーが瞬く間に流行し、トルココーヒー用に小さなカップが作られた。それがこのカップ。異国情緒ただようエキゾチックな見た目は存在感たっぷりで、手の込んだデザインがとても美しい。デザートカップなどにも使えるから店には数種類のシンプルなデミタスカップがあるが、ギュラルポルセレンのカップは源助が少しずつコレクションした特別な品だ。

和樹には予備に置いてあったギャルソンエプロンを手渡して、源助はニヤリと笑む。

「一流の執事って感じでカップを配ってよ」

そんな要望に、「魔法のホットミルクでございます」なんて言いながら、こんなビジネススマイルができたのかと見惚(みと)れるほどの笑みと美しい所作(しょさ)で、細身の長身が品よくテーブルの間を回っていく。たまたま次の教室の都合で着てきたというクレリックシャツも、ギャルソンエプロンに似合っていていい感じだ。

　平日のランチタイムはほとんどが女性だから、絵に描いたような執事風イケメンが特別に給仕してくれるというのは、なかなかのサービスになったのではないかと思う。しかもカップの中身は鎮静効果抜群のディルシード。なだめ草の魔法は最大の効能を発揮して、あっという間にどの顔もほんわりと幸せそうに緩んだ。

「やるじゃないの、和樹くん」

　あとでお礼しなくちゃねと、戻ってきた和樹に源助がウインクを投げる。

「……ありがとう。ゲンさん」

「どうってことないよ」

　店内は何事もなかったかのように、いつものカフェ古街に戻った。

　エプロンを外した和樹もカウンターの席に戻って、自分の分のホットミルクを飲む。

「よかったら、こちらに来ませんか」

　自分の椅子で小さくなっていた実乃里は声をかけられて、いまは和樹の隣でカップをまじまじと眺めながらホットミルクを飲んでいる。青かった顔色はいつもの赤みを取り戻し、だいぶ落ち着いているように見えた。

「和樹先生、これ、おいしいね」

「ええ。おいしいですね。少し、チャイに似ています」

「チャイ？」

「インドのお茶ですよ」

「ふぅん。……先生、チャイとこれと、どっちが好き？」

「そうですね。甘さが控えめで優しくて、それでいてしっかりと癒してくれる……。こちらの方が僕は好きです。カップも素敵ですね」

「うん。ほんとのほんとに、魔法みたい」

実乃里が頰を上げた。

もうすぐ、ランチタイムが終わる。

⑥ セージのアイスティー

家に帰った実乃里(みのり)は、両親に学校に行けなくなった理由を初めて話した。

酷(ひど)い言葉で傷付けられている友達を見ると、自分の胸も痛くなる。人を傷付けても何とも思わず笑っている人が怖い。あの教室にはもう行きたくない――。

『びっくりしたの。自分が直接酷いことを言われたわけじゃなくても、あんなふうに苦しい思いをする子もいるのね。思ってもみなかった……』

電話の千恵(ちえ)はいつになくゆっくりとした口調で、うまく言葉にならないことをどうにか伝えようとしているように聞こえた。

「実乃里ちゃん、頑張ったのよ。お姉ちゃんにも見せてあげたかった」

『店でのこと、ゲンさんからだいたいのことは聞いたけど、それもびっくりしたわ。……あのね、万結(まゆ)ちゃん。わたし、叩き割られたみたいな気分なの。いつの間にかできていた頭の中の実乃里を』

「うん……」

『よくわかっているつもりだったけど、ちっともわかっていなかったのね。わたし、もっと実乃里のことを知らなくちゃいけないって思った。それにね……』

　千恵は言葉を切って息をついた。

『お前はすごい子だなぁってお父さんに言われたよって、実乃里がすごく喜んでいたの。これまでは、どうして学校に行くくらいのことができないんだって。甘えだって、うちの人は思っていて……。面と向かって実乃里に言ったことはなかったのに、そういうの、あの子は気付いていたのかもしれない。……実乃里の話を聞いてね、しばらくしてからうちの人が言ったの。今の世の中、他人の痛みなんてどうでもいいと思っている人間なんか掃いて捨てるほどいるのに、実乃里は人の痛みまで自分の痛みに感じている。いまは辛いだけかもしれないけれど、いつかそれが実乃里を輝かせるものになるから、それまで一緒に見守っていく、って』

「すごいお父さんね」

『……そうね。やっと、本当の味方になってくれたみたいな気がした。でも、きっとあの人はすごく悩んだと思うの。実乃里をどう受け止めるのか、真剣に考えてくれたんだと思う。それで、たくさんの自分の……信念みたいなものを、曲げてくれたんだと思う』

人は自分の想像力を使うことでしか他人を理解できない。自分が経験していないことはわからないし、積み上げてきた価値観はそうそう変えられない。

それでも、大切な人をわかりたいと願い、大切な人にわかってほしいと願うとき、人はいくらでも新しい自分を創り(つく)だすことができるのかもしれない。そのための勇気を、持てるのかもしれない。

「あの人たちのこと、どうするの？」

『どうもしないわよ』

「でも……面倒なことになったりしない？」

心配する万結に千恵は大丈夫と言い切った。

『どうってことないのよ。あんなの。ああいう人たちは、かまってほしいだけなんだから』

千恵らしい。

『それより、ゲンさんにも謝ったけれど、お店に迷惑かけちゃってごめんなさい』

「それこそ実乃里ちゃんは悪くないんだから。謝るならあの人たちの方でしょう。どうにかフォローもできたと思うし」

『聞いたわよ。和樹(かずき)先生でしょ？　よく手伝ってくれたわね』

「……ほんとうにね」

何か手伝うことがあるかと聞いてくれた、穏やかな表情と低く落ち着いた声がよみがえる。助かったしうれしかった。

あのときのお帰りなさいの言葉が、やけにすんなりと胸に落ちて、ほっとした……。

『やっぱり、いい人じゃない』

含みを持たせた千恵の言葉に、そうねとだけ答えた。

よくわかっている。

和樹は、とてもいい人だ。

『……実乃里がどうして絵画教室に行きたがったのか、わかったのよ』

「え?」

『偶然、写生会をしているところに出合ったって言ったでしょう? そのとき、とっても明るくて温かい声が聞こえたんですって。そこには優しく笑い合っている人たちがいて、きれいな絵を描いていて……どうしても一緒に絵を描いてみたくなったんだって言ってたわ。あの人たちと一緒なら、胸も苦しくならずに楽しくいられるような気がしたって』

実乃里の繊細なアンテナはずっと探していたのかもしれない。

自分を癒してくれる場所を。安心して自分を取り戻せる場所を。

『ね、もし和樹先生からデートに誘われたら、絶対に行ってきなさいよね』

千恵が急にそんなことを言いだすものだから、内心、呆れてため息をつきながら笑った。

今度は、そうねとさえも言えなかった。

いったい、何がどうなったらそんなことになるのやら。


ところが。

ランチのお客さんの最後の一組が出ていって、店内に和樹だけになったとき。突然、ねえあのさと厨房から出てきた源助は、カウンターの万結と和樹に、いたずらっ子のような顔でいたずらっ子のようなことを言いだした。

「これ、万結ちゃんと行ってきたらどうかな。この間のお礼に。臨時休業の日、たしか和樹くん休みだったでしょ」

ハーブ園の園田さんとの打ち合わせのために、臨時休業はかなり前から決まっていた。

源助の手にはチケットのようなものが二枚ある。

「ゲンさん、何言ってるの」

いきなりすぎてどんな反応をするのが正解なのかわからず、万結は和樹に少し笑ってみせた。相手の顔も同じように笑っているのを見ると、たぶん和樹も万結と同じことを思っているのだろう。いったい、源助は何を考えているんだ、って。

源助がちらりと庭にいる実乃里を見る。

店でトラブルがあった翌日からも実乃里はいつも通りに古街に来ていた。絵画教室にも通っている。両親の深い理解と、古街や絵画教室の人たちの変わらぬ温かな支えは、実乃里にとってトラブルを乗り越える大きな力になったに違いない。

源助がにこにこと続ける。

「ハーブ園に実乃里ちゃんも連れていこうと思っているんだよ。一度見せてあげたかったんだ。見事なハーブ園だからね。ちょうど夏休みも始まるから、いいタイミングだと思ってさ。実乃里ちゃんも行きたいって言ってくれたし。千恵ちゃんには話してある。で、この間の和樹くんへのお礼を何にしようかずっと考えていたんだけど、これはきっと千載一遇の機会なんじゃないかなと思うんだ」

「ちょっと待ってゲンさん。だいたいそれじゃあ、お礼になってないでしょう」

「え？　どうして？」

ポカンとした表情に思わずガクッと力が抜けそうになる。

「もう……ゲンさんは……」

そもそも、どうして和樹へのお礼が自分と出かけることになるのだ。そんな根本的なところから説明しなくてはならないのだろうかと思っていると。

「ありがとうございます。……お礼なんて必要ありませんが、万結さんとデートできるならありがたく頂戴いたします」

「は⁉」

思わず声を上げてしまい、はっと口を噤む。お客さんがいなくて助かった。

「和樹さん……無理して合わせなくていいんですよ」

「無理なんてしていませんよ。合わせているわけでもありません」

嘘をついていないのはわかる。クリアな声で穏やかに言われてしまえば、万結が承諾しないとかえって失礼になりそうな気がしてきた。

もう。ほんとうに、ゲンさんは。

「ほらね、和樹くんもこう言ってるよ。万結ちゃん」

「……すみません。じゃあ……和樹さん、よろしくお願いします」

申し訳ない気持ちいっぱいで頭を下げると「こちらこそ」と和樹も頭を下げたのだった。

「人ごみは苦手なんです」

万結がそう言う前に和樹が先に言った。

ノイズがまじっていた。

自分のことを考えてくれたのだろうと思ったのは、自意識過剰ではないはずだ。理由はわからないけれど、たぶん、和樹は万結が仕事以外では大勢の人がいるところを避けているのを知っている。人酔いする体質とでも思っているのかもしれない。

観察眼とでもいうのか、彼には人が表に出さないようにしているものを察する目がある。普段は、絵画教室で発揮されているそれが自分に向けられているのを感じると、なんだかむず痒いような気持ちになる。

「……わたしも苦手です。人ごみ」

和樹は微笑んで、さっき源助から手渡されたチケットを万結に見せた。

「ここ、行きたいと思っていたんですよ」

新中市にある美術館で開催されている地元の画家の作品を集めた特別展だとわかって、はっとする。いまの和樹は絵を描けないでいるのに。美術館など辛いだけの場所なのではないかと思ったからだ。

「恩師が参加しているんです。平日の昼間なら、人ごみもありませんし。お付き合いいただけますか」

どう答えていいのかわからなくなってしまっている万結に、和樹は微笑んだまま静かに言った。僕は大丈夫ですよと言われているような気がした。

そうしてふたり、車中の人となった。

新中市の美術館までは車で一時間ほど。市の中心のビル街から外れたところにある。大きな公園や神社、文化財に指定されている明治時代の建物が並ぶ、閑静な一角だ。

約束の朝、和樹は源助の車を運転してやってきた。

「レンタルしようと思っていたんですが、源助さんのご厚意に甘えてしまいました」

車が足代わりの街というのもあって、万結には運転は男性がするものという感覚はない。デートなどという名目が付いていてもそれは変わらない。自分が運転すると言って譲らない和樹のことを、古風なところのある人だなんて思った。

普段はスクーターで生活しているという和樹だけれど、意外にも運転はうまかった。

車の運転には人柄が表れるとよく言う。ハンドルを握って豹変するほどのことはなくても、行動の端々にその人の価値観が表れるものなのだと前に源助が言っていた。

和樹の運転は気持ちがいい。ブレーキやアクセルのタイミングが万結と似ているせいかもしれない。極力追い越しもせず、といって後続車たちを詰まらせることもなく、余裕を感じさせる運転は和樹らしいと思った。

そしてやっぱり遠い街の匂いがする。バイパスから見える広々とした田畑よりも、和樹には立ち並ぶ高層ビルが似合うような気がした。ひなたや土の匂いの風よりも、乾いた人工的な匂いの風。たぶん、いまの縞田市の中で一番自然にまみれるように暮らしている人だというのに。

「源助さんの車はピアノのＣＤばかりですね。古街ではギターの曲がよく流れていますけど、あれは万結さんのセレクトですか？」

「はい。なんだか、いつも似たり寄ったりになっていますけど」

「いえ、僕もギターの音が好きなので癒されますよ……どうかしましたか？」

ふふっと笑った万結を、和樹が気配だけでこちらを向きながら聞いてきた。

「知っていますか？　ギターに癒されるのが男性脳で、ピアノに癒されるのが女性脳なんだそうですよ」

「それは知らなかったです。そうすると、源助さんは女性脳ということになりますね」

格闘家のような厳つい源助の風貌を思い浮かべ、ふふっと堪え切れずにもう一度笑った万結と一緒に、和樹も笑った。

ふたりしてフロントガラス越しの景色を眺めながら、他愛ない言葉をやり取りして笑い声がまじる。そこにはノイズは何もなく万結の心は軽かった。

「僕の恩師は弓越先生といって絵画教室で講師をされていたんです」

「和樹さんの前の講師の先生ですね」

「ええ。ある日とつぜん連絡をよこして、お前にいい居場所を作ってやったから来いって言うんですよ。そのとき僕はワーキングホリデーでオーストラリアにいたので、一度はお断りしたんですが、待っていてやるからビザが切れたら来いと言われて。ほんとうに弓越先生は……」

　何か言葉を続けようとしてやめたのだとわかった。弓越はきっと和樹の恩師というだけでなくもっと深い——人生の師とでもいうべき人なのだろう。学校でのつながりから離れても和樹のことをずっと見ていてくれて、もしかしたらオーストラリアに行った理由も知っていて心配したのかもしれない。その得難い深い眼差しを和樹はとても大切にしているように見えた。

「恩師という存在は、素敵ですね」

　はい、と和樹が頷いた。

「そういえば、タイニーハウスはオーストラリアで見たんでしたっけ。ワーキングホリデーで行っていたときだったんですか?」

「そうです。驚きましたよ。あまりに小さくて。デザインも美しいものが多かったので気になっていたんですが、親しくなった方に招待されて初めて中の様子を見たときは少し感動しました。すべてのものが最小限で機能的で、まるで昔の日本家屋のようだと思いました。大きな体のタトゥだらけの海外の人がそんなところに住んでいるのに、妙にはまっていて洒落ていて。面白いものだと思いました」

ふと、何もない家と、儚げな美しい女の人の写真を思い出した。

ワーキングホリデー、オーストラリア、弓越先生……。

まだ、和樹のことを何も知らないのだと思う。

毎日顔を合わせていても、話すことは気軽な話題ばかり。誰にだって話したくないことはある。万結にも山ほど。だから、気になるワードが出てきても深く訊ねることができないでいる。和樹が話したくなる時が来たら話してくれたらいいなとは思うけれど、あえて聞こうとは考えない。源助に対してそうしているのと近い感情がある。

万結はずっと、誰に対してもそうしてきた。

車が右に折れ、どっしりとした構えの大きな建物が見えた。

「着きましたね」

昔からある古い美術館。特徴的なオリーブグリーンのタイルの外壁は、特殊な工法を使って造られているのだと聞いたことがある。入るのは今日が初めてだ。

万結は和樹と並んで美術館の駐車場を歩く。

アスファルトでコツコツと音を立てている自分の足元が妙に落ち着かない。パンプスなんて履いたの、何年ぶりだろう。シフォンのワンピースもふわふわして心許ない。

いつもはほとんどシンプルなTシャツにジーンズで過ごしている和樹も、今日は白いヘビーウェイトTシャツに紺色のサマージャケットを重ねて、黒いテーパードパンツを穿いている。足元もスニーカーではなくてレザーシューズだ。

学校は今日から夏休みでも、大人はお盆休みを前にした忙しい平日の昼間。人はまばらだった。しんと静まり返った館内は空気までぴんとしていて、まるで誰の邪魔もしないようにと気を張り詰めているようだ。

和樹は黙ってゆったりと歩いた。

けして自分だけの世界に入っているようではなく、万結の方に意識を向けながらも絵の説明やうんちくを口にすることもなく、居心地のいい沈黙を保っている。この人はほんとうに絵が好きなのだと万結は思った。そして、自分の好きな大切なものを、誰かと穏やかに共有することのできる人なのだと思った。

いつか、この人の描く絵を見てみたい。

それは、自分でも意外なほど強い願望となって万結の胸の中に芽生えた。

「……弓越先生の作品です」

呟くように一枚の絵の前で和樹は言った。

「先生は、蓮の花を描かれるのがお好きなんです。もうずっと、蓮の花ばかり。僕が絵を見ていただいているときから、ずっと」

小さな和樹の声を隣で聞きながら、目の前の絵を見つめる。

薄桃色の花が咲いている。青々と開いた葉と濃い泥の色。手を伸ばせば届きそうなところで露を載せて咲く凜とした花から目が離せない。なんてきれいだろう。

「一度、どうして蓮の花ばかり描くのかと聞いたことがあるんです。先生はとても真剣な顔をして僕を見て……和樹くん、蓮の花は泥が深ければ深いほど美しい花を咲かせるんだよって。それだけ。そのときの僕には意味がわかりませんでした。でも、いまは少しだけわかるような気がします」

そういえばそうだと万結は思った。

泥の中から生まれる花なのにどうして泥に染まることなく咲いているのだろう。しかも、泥が深ければ深いほどに咲く花が美しいなんて……。

「……こんなふうに生きられたら、幸せなのかもしれませんね」

無意識に自分の口からこぼれた言葉に慌てた。何を言っているのだろう。

「やだ……わたし、おかしなこと言いましたね」

無言の和樹に言い訳のように言って、再び蓮の花を見つめる。

和樹の言う通り、弓越の作品はすべて蓮の花だった。

ひとつひとつの蓮は、まるで人がひとりとして同じ顔の人がいないように、同じ人生を歩む人がいないように、まったく違った魂を持って咲いていて、美しいだけではない圧倒的な生命力が見る者へと迫ってくる。

万結は長いこと弓越の絵の前から離れられずにいた。

そんな万結を、和樹は黙ってじっと待っていてくれた。

すべての作品を見終わって隣接したカフェに入った頃にはとうに昼を過ぎていて、万結はすみませんと和樹に詫びた。

「お腹すきましたよね」

「いいんです。うれしかったですよ。あんなに絵を喜んでくれる人は初めてでしたから」

「……すごい方ですね。弓越先生って」

「ええ」

和樹は微笑んでメニューを開く。万結も倣った。

すぐに注文は決まり、ほどなく料理も運ばれてくる。

ふたりしてサンドイッチを頬張ってから気が付いた。

「またサンドイッチですね」

ほぼ同時に言って笑った。

さすがに今日のサンドイッチはサーモンではなかったけれど、メニューになかっただけで、もしあったなら和樹は頼んだろうか。そう思うと万結はもっとおかしくなった。

「わたしもですけど、和樹さんはサンドイッチがお好きなんですね」

うん……とあらぬ方に目を向けてしばらく咀嚼をしながら、和樹は何かを考えているようだった。やがて。

「僕は、味がわからなくなっていたんです」

「え……？」

「いや、ちょっと違うな……」

手にしたサンドイッチに目を落として、和樹は続けた。

「食べるということが、生きるためのものでしかなかったんです。好きとか嫌いとか、おいしいとかおいしくないとか、いつの間にかどうでもよくなってしまって何も感じなくなっていました。唯一の支えだったはずの絵を描くことさえできなくなってしまって。何を見ても心が動かないんです。画材がすっかり埃を被った頃、そんな自分に気が付いて愕然としました。大切なものがどんどん欠落していくようで、このままではいけないと思いました。……いろいろなことがあったときだったので、疲れているだけかもしれないと思いましたがひどくなるばかりで。最後のチャンスで、ワーキングホリデーでオーストラリアに行ったのはその頃です。全部捨ててしまうことでしか自分を取り戻せないような気がしました。結局、それでも何も変わりませんでしたが」

　ふっと浮かんだ笑みには自嘲するような陰りが見えた。

「……万結さんのサンドイッチやお菓子やハーブティーは、僕が諦めていた『おいしい』を取り戻してくれたんです。一瞬で……。熱心に誘ってくれた実乃里さんのおかげですね。あれから、万結さんの料理を思い出すことが多くて、つい同じようなものを食べたくなります。子どもみたいですよね」

　おいしいという言葉は、きっといくつもの言葉に置き換えられるような意味を持っているのだろう。万結の知らない和樹の過去には、孤独の中で生きるいまの彼を作った蓮の泥沼のような世界があるのかもしれない。

　そしていまもまだ、和樹が絵を描くことはない。

　いつか取り戻すことができるだろうか。『おいしい』と感じる気持ちを取り戻したように、絵を描く心も。……どうか、取り戻してほしい。

　何か言わなくてはと思うのに、言葉が出てこない。

「すみません。どうか重く考えないでください。ただ、僕にとってあのランチはとても特別だったんです。どうしてもお礼を言いたかった。感謝しています」

　黙っている万結に、和樹は続けた。

「万結さんは、何も聞かないんですね」

　こちらを見ながら言われて、思わず万結も見つめ返した。

「僕がどこから来たのか、これまで何をしてきたのか、どうしてここにいるのか。そういうことを何も聞かない。それなのに、ときどき、まるで全部知られているような気分になります。そのままでいいと、言われているような気分になります」

「……」

「実乃里さんが言っていました。万結さんは魔法使いだって。おかしな話ですが、僕もそんな気がしています」

　今日の和樹はまっすぐだ。まっすぐすぎるくらいに。それなのに……ノイズも、もやもないと確かめてしまう。

　わたしはそんなんじゃありませんよと笑って言いたかったのに、何も言えずに和樹の目から逃れた。ひどく、後ろめたい気持ちが湧いてくる。真正面から人と関(かか)わることをしてこなかった狡(ずる)さのツケがやってくるのだろうかと、万結は俯(うつむ)いた。

「今はまだ話せないことが多いけれど……いつかちゃんとお話しします。だから……」

「あの……」

「はい」

「……写真の、人は……」

聞くつもりのなかったことが、思わずこぼれるように出てきてぎょっとした。

あの美しい人は和樹の心に住んでいる女性なのではないか、万結は和樹の家で写真を見てからずっとそう感じていたのだ。それ以上言えないでいると、しばらく考えていた和樹が「あぁ」と小さく口の中で呟いた。

「家にあった写真ですね。……それは、そうですよね」

困ったような微笑みを浮かべる。

「……あ、いえ……あの……」

「あれは母です。僕が生まれてすぐに亡くなりました。唯一残っている写真です」

ノイズのない静かな声が「まだ話せないこと」だったかもしれないことのひとつを、そっと万結に聞かせてくれた。それはとても繊細で脆(もろ)くて、ほんの少しでも乱暴に触れたら壊れてしまいそうなものに思えた。

「僕には母との思い出は何もありませんが、兄や姉がよく母のことを話してくれました。

写真は僕がオーストラリアへ行くときに、こっそり姉が渡してくれたんです。家に残っていた、たった一枚の写真だったのに。……ちゃんと持って帰ってこいと言われました」

和樹の家族の話を聞くのは初めてだった。

ちゃんと持って帰ってこいと、たった一枚の大事な写真を旅立つ和樹に渡したのは、もしかしたら弟が二度と戻ってこないのではないかという、お姉さんの不安感がさせたのかもしれない。こっそりということは、家族の総意ではなかったのだろうか。

きっと、和樹がまだ話せないことは家族についてなのだろうと万結は思った。たぶん、万結の家族とはまったくタイプの違う人たちが、まったく違った家族の繋(つな)がり方をしているのだろう。これ以上は聞けない。そう思った。幸せな話でないことくらい想像がつく。

「ありがとうございます。……ごめんなさい。辛いことを話させて」

和樹はいつも通りの穏やかな表情のままだったけれど、彼から常に感じていた旅人のような、ここではないどこかの空気は感じられなかった。

何かが変わったと、万結が思ったとき。

「万結さん。よければまた、ふたりでどこかへ行きませんか」

一瞬、心臓が鼓動の仕方を忘れてしまったように、妙な速さで鳴った。

はっきりと答えられない万結に和樹は「ご迷惑でなければそれでいいんです。いまは」

と言った。「またお誘いします」とも。

帰りの車中、和樹は源助のピアノのCDをかけた。ショパンのバラードを聞きながら流れる窓の外の景色をぼんやりと眺める。

葉の内側に固く青いもみを抱いて細く長くすらりと伸びた緑の稲が、海原のように風になびいていた。広大な緑の海のはるか遠く、青い濃淡で描かれたような山々が重なり合って背筋を伸ばしている。見慣れたはずの光景に胸が騒(ざわ)めく。

和樹は何も話しかけてこなかった。沈黙は優しい。ピアノの音量は大きくもなく小さくもなく、きっと万結が声をかければ和樹にはすぐに聞こえるくらいの。

『どんなに近くにいても、一緒にいる気がしないんだよ。なんだか分厚いガラスにでも遮(さえぎ)られている気分だ。いつまでたっても俺にはお前がわからない。……もうこれ以上は、一緒にいる意味がない』

去年の春。大好きだった人に言われた言葉。

いまでも一言一句忘れられない言葉は、別れようと言われて「どうして？」と訊(たず)ねた万結に返された答えだった。最後のデートは桜の花が満開で、雪のように舞い降りる花びらのなかでベンチに腰かけたまま、去っていく彼を目で追うことさえできなかった。暖かな日差しのなかにいるはずなのにひどく寒かった。凍り付いたように動けなかった。

　大事な話があると言われてデートの日を約束したとき、万結はプロポーズだろうかと胸をときめかせた。それくらいにふたりの関係は良好だと信じ切っていた。この三年の間、会えばいつも楽しくて幸せで。当たり前のようにしていた眠る前の電話の声にも、他愛ないメールのやり取りにも、どこにも別れの影など見当たらなかった。

　高校の同窓会で再会した彼は、嘘をつかない人だった。

　それが万結にはどれほどうれしく、魅力的だったことか。やっと運命の人に出会えたのだと思っていたのに——。

　あの時わからなかった彼の言葉の意味は、いまの万結にはわかっている。

　彼が嘘をつかない人だったのではなくて、万結が嘘をつかせなかったのだと。

　誰からもできるかぎり嘘をつかれないような自分でいることを、知らず知らずのうちに身につけてしまって、それは自分の本心からも相手の本心からも距離を置くことになったのだろう。耳障(みみざわ)りなノイズも気持ちの悪い赤いもやも、万結には良かったと感じたことなど一度もないのだから。ましてや特別な人からのそれは、心底辛い。

　無意識に、防衛本能のように人との距離を置いてきたのが、いつからだったのかはわからない。気が付いたのは彼との別れの少し後。気付いたところでいまさら変えることなどできなかった。

もう二度と、恋はできないだろう。そう思った。

恋をするには、彼の言う分厚いガラスを砕かなくてはならない。万結が嘘に耐えるために、見て見ぬふりをして平気な顔でいるために、懸命に築いてきたものなのに。

だからもう誰にも恋心など抱いてはいけないと思ってきた。どちらも幸せにならない恋愛などするべきではないのだから。

ショパンの切なさと和樹の優しさ。耳元で甘く囁くようなフレーズが、ガラスの壁の向こう側でノックを繰り返しているようだった。

「ただいま。万結ちゃん、いたんだ」

カランとドアが開いて、のんびりと源助が言いながら入ってきた。

「すみません。勝手に。……仕込みをひとつし忘れていて……」

こんなとき、源助はすぐにいろいろ聞いたりしない。

万結が自宅に帰らずに休業日の店にぽつんといても、驚きも咎めもせず普段とまるで変わらない。見え透いた言い訳をしても。

「相変わらず万結ちゃんは真面目だなぁ。和樹くんは帰ったの？」

はいと答えて、万結はぼんやりとカウンターのスツールに腰かけたまま、重い頭を頬杖で支えていたのを外した。

「美術館はどうだった？」

「素敵でした。……弓越先生の絵は、とくに」

せっかくならお土産にポストカードでも買ってくればよかったと思った。あの蓮の花を見たら、源助は何を感じるだろう。

「……あ、なにか淹れましょうかハーブティー。セージなんかどうですか？」

「いいね。もらうよ」

珍しいねと言われて、そういえばあまりハーブティーにセージを使ったことがなかったと気付いた。おいしいけれど清涼感が強すぎるから店のメニューにもない。

「ただ頭に浮かんだだけですけど、たぶん、ゲンさんが汗だくだったから」

立ち上がってカウンターにまわる。

セージには汗を抑える働きがある。抗菌作用も強く、長寿のハーブと呼ばれる効能豊富なハーブだ。風邪の予防にもなるし、初期の風邪の治療にも効果が大きい。無意識に、大量の汗をかきながら帰ってきた源助のことが心配になったのだと思う。

ははは と源助が笑った。

「実乃里ちゃんも汗だくだったよ。送っていったら千恵ちゃんに、風呂上がりかってびっくりされた。ふたりでだいぶ真澄さんにこき使われたからなぁ。いやぁ、楽しかった」

小さなリュックを降ろし、中から出したタオルで汗を拭いながらスツールに腰かける。

ふうっと息をついたあと、源助がにこにこと万結を見つめた。

「それにしても、万結ちゃんもすっかりハーブホリックだね」

「え？　わたしがハーブホリック？」

「大昔の人たちが誰かを元気にするために、必死になって探し出したのがハーブだろう？　長い長い時間をかけて広大な森の中でひとつひとつの植物を吟味して。毒のあるハーブだって少なくないから、きっと命がけだったろうし。そうしてそれを語り伝えて。そこには、途方もないパワーが必要だったと思うんだ。それでもって、なんでそんなに頑張るのかっていったら、誰かを元気にしたいっていうためだけなんだ。なんてシンプルで強いんだろうなって思うよ。そしてそれが、真理だ。……俺はさ、その真理を愚直に実践する人間でありたいんだよね」

源助はときどき、自分の奥深くにしまってある核心を不意に取り出して見せる。

まるで古いアルバムでも開くような気軽さでひょいと開いて見せてくるから、こちらも気安く覗(のぞ)き込んでしまうのだけれど、実はそれがとてつもなく大切で源助の生きる根っこのようなものだと気付いて、万結はいつも慌てるのだ。

そうして慌てさせておいて、彼はのんきな顔で今度は万結の核心を衝(つ)いてくる。

「和樹くんと、何かあったんだね」

源助は万結が渡したグラスに口を付けて、うまいなぁと呟いた。

またふたりでどこかへ行こうと言われた。話してしまえばそれだけのことだ。源助にどう伝えたらいいのかよくわからない。

「いえ……わたしが……ちょっと」

口ごもったまま続く言葉が出てこなかった。

源助がそんな万結を真面目な顔で見つめてくる。

「前にさ、和樹くんは生まれたばかりの赤ん坊みたいだって、言ったことがあるでしょ」

「はい……」

「なんか、最近の万結ちゃんもそうだよね」

「え？」

「赤ん坊っていうのは、つまりさ、なんていうか……そうだな。ふたりとも、これまでずっとタマゴのまま孵化(ふか)させられずに持っていたものを、ようやく雛鳥(ひなどり)に孵(かえ)したような感じとでも言うのかな。そういうのはさ、時が来て巡り合わせがあってようやく動きだすものだと思うんだ。俺はいいと思うよ。……ふたりにとって、すごくいいことだと思うよ」

源助には、和樹の変化も万結の変化も、本人たちよりもよく見えていたのかもしれない。

和樹は言っていた。万結の料理が『おいしい』を取り戻してくれたと。万結もわかっている。作り出した分厚いガラスの壁のすぐそばに立った和樹が、その壁に手を伸ばしていることを。——時が来て二人は巡り合ったのだろうか。そんなふうに思ってもいいのだろうか。

自分の心が、ゆらゆらと揺れているのがわかる。

孵すつもりなどなかったタマゴ。

もう二度と生まれてくるはずのなかった雛鳥。

『——よければまた、ふたりでどこかへ行きませんか』

耳に残る和樹の声は、甘くきらめく砂糖細工のようだ。

万結は自分の分のセージのアイスティーを飲み干した。一輪の蓮の花が、澄み渡る爽快な（そうかい）セージの味と一緒に脳裏に清く浮かんだ。

⑦ サシェ・クラージュ

「うん。……万結ちゃんみたいに、なりたいの……」

「魔女修行？」

翌日の朝、開店準備の時間に実乃里が言った。

厨房からはＢＧＭのように源助がランチの下準備をする音が聞こえている。

緊張の色を浮かべた真剣な顔で、相当に意を決して言葉にしたという雰囲気だ。

その日はカフェに来た時から実乃里はいつもと様子が違っていて、そわそわというか、おどおどというか、とにかく落ち着きがなかった。何かあったのかと思っていたら。

夏休みに入った実乃里は「夏休み計画表」にある「毎日のお手伝い」の項目に「ゆかそうじ」と書いた。一行日記と一緒にチェック欄があって、朝の掃除が終わると源助からサインをもらうことになっている。その掃除の途中で、長箒の柄を指が白くなるまでぎゅっと握ってこちらを向いて立っている。

「魔法使いになりたいの？」

「なれたらいちばんいいけど……、そうじゃなくても、万結ちゃんみたいに、強い人になりたいの」

「強い人？」

「うん。……怖いことがあっても、負けない人……」

負けない人。

思いがけない返事だった。実乃里の言葉が万結のなかに飛び込んで、静かに揺れ落ちていく。深い湖に投げ入れられた小石がゆっくりと底へ沈んでいくように。

「クラスの子たちも……お店に来た、リリカちゃんたちのお母さんも……すごく怖い。だから、負けない人になって、学校に行きたいの」

仕返ししたいとか、みんなを変えたいとか。そういうふうに言わないのだなぁと思った。もしも魔法を使えるなら、人は自分よりも周囲を変えようとするような気がする。

すると。

「お母さんが言ってた。心が負けない人が、いちばん強い人だって。……怖いことに、振り回されないことが、強いっていうことだって」

小石がもうひとつ。万結のなかに揺れ落ちる。

そういえば、子どもの頃に百代から同じようなことを言われたことがあるのを思い出した。万結は忘れてしまっていたけれど、千恵は覚えていたのだろう。千恵から実乃里に伝えられた言葉は、実乃里から再び万結に帰ってきた。

実乃里は万結を強いと思っているようだけれど、万結は強くなんかない。だからこんなふうに和樹とのことをどうしていいのかわからずにいる。怖いことに振り回されているのは万結も同じだ。

実乃里が学校で感じていることを知る前、心配していたことがあった。もしも実乃里にも嘘が見える力があって苦しんでいたならどうしようか、と。そんな人間がそうそういるとは思えなかったけれど、万結に力がある以上、絶対にないとは言い切れない。だとしたら、いまも乗り越えられないでいる自分には実乃里の力になれることなど何もない。むしろ、乗り越える術があるなら自分の方こそ知りたいくらいだった。

いまの実乃里の、負けない人になりたいという願いにも「こうすればなれるよ」などとアドバイスすることはできない。まさに万結が求めていることなのだから。

もしかしたら、これは、自分のためではないかと万結は感じた。

実乃里と一緒に負けない人になろう、強くなろうともがいてみることは、源助の言う孵化した雛鳥を育てて、もっと自由に生きるために必要なことなのではないか――。諦めなくてもいいのだ、と言われているような気がしてくる。

いつの間にか俯いていた顔を上げると、実乃里はじっとこちらを見ていた。

一緒にいればいるほど、不思議な子だと思う。

実乃里は自分を変えるためにどうしてもしたいことを、自分のために懸命にしているだけなのだ。そこには和樹や万結の心の奥を察して行動するようなことなど、あるはずもない。わかっているのに、ひょっとしたらと思ってしまう。それくらいに最近の実乃里は、たくさんの出来事をくれる。和樹にも、万結にも。

目の前のことから逃げずに悩みを乗り越えようとする純粋な勇気は、まわりの人間にも悩みに立ち向かうチャンスを与えてくれるものなのだろうか。

万結は深く、漂うハーブの香りを吸い込んだ。

「……わかった。しよう。魔女修行。実乃里ちゃんはどんなことがしたいの？」

ほっとしたように、箒の柄を握りしめていた実乃里の白い指が、じわりと薄桃の色を取り戻していく。

「あのね……」

ごそごそとポケットから小さな袋のようなものを取り出して見せてくる。

モスグリーンの地に赤い小花の散った布で作られた小さな巾着。留めてある口にはクリーム色のリボンが結んである。

「サシェ?」

「うん。ハーブ園で、園田さんから、もらったの。わたしも、作ってみたい」

サシェはドライハーブを詰めた小袋だ。香りのオシャレとしても使えるし、ストレス軽減のアイテムとして鞄に忍ばせるのもいい。万結はラベンダーで作ったものを衣類の防虫剤代わりに使ったり、ベッドリネンをしまっているケースに入れたりしている。

万結にはまだうまくできないけれど、複数のハーブをブレンドして自分だけの香りを纏うなんていうのは、ぜひいつかやってみたいことだった。

「可愛い。ちょっと貸してくれる?」

実乃里が渡してきたそれに鼻を近付ける。

最初にローズマリーとオレンジの香りがふわりとしてきて、そのあとからどこか青さのある緑の匂いがするが、万結がまだよく知らないハーブがたくさん入っているようだった。ブレンドするセンスがいいから、ひとつの匂いが突出することなく混ざり合って爽やかに落ち着いている。

「……いい匂い。さすが園田さんね」

「園田さん、万結ちゃんなら、もっといいにおいのが、作れるって言ってた」

間髪をいれずに実乃里が言うので、ぐっと言葉に詰まってしまった。

源助と一緒にハーブ園に行くことも多いから園田とはよく見知った仲だ。溌剌という言葉は園田のためにあるのではないかと思うほど、いつも元気で明るい。ベリーショートは顔立ちのはっきりした細身の彼女によく似合っていて、気を付けていても焼けちゃうのよねという日焼けした肌が秋から冬にかけて白さを取り戻すと、年代は源助とさほど変わらないはずだというのにまるで少年のような雰囲気を醸し出す。

年齢不詳の、時に性別不詳の素敵なご婦人は、ハーブについては源助の師匠でもあるが、万結がまだ古街で働き始めて間もない頃からなぜかよく褒めてくれる。とくにハーブティーは源助よりも上手に淹れられるなどと言って万結を恐縮させていた。

褒めて伸ばす主義なのだろう。そのわりに源助には手厳しいが。

「そんなふうに言われたら、うんといい匂いにしなくちゃね。実乃里ちゃんが大好きな香りにしよう」

「うん。……あとね、万結ちゃん。サシェに絵ってかける？」

「袋に？」

「そう。白い布で作って、そこにきれいな絵をかきたいの」

サシェに絵を描くなんて、考えたこともなかった。たしかに見た目もきれいならもっといいだろうけれど、サシェの命は香りだ。香りを邪魔しない画材があるのだろうか。

「……そうねぇ。画材のことはわからないから、和樹先生に聞いてみる？」

うん、と実乃里は大きく頷いて、サシェを大事そうにポケットに戻した。

「でも、どうしてサシェ作りが魔女修行だと思ったの？」

「園田さんが、魔女のキホンだって言ってたから。ひとりでちゃんと、ハーブを使えるようにならないといけないって。そしたら今度は、自分のためだけじゃなくて、人のためにハーブを使えるようにならないといけないって。だから、はじめは自分でサシェを作ってみようと思ったの。園田さんは、魔女じゃないけど、魔女のことをよく知ってたよ」

掃き掃除に戻りながら、とつとつと一生懸命に答える実乃里に思わず笑んだ。

園田はきっと、実乃里のことを源助から聞いて、いろいろと考えてくれたに違いない。

幸せは人との出会いのなかに。時と巡り合わせによって。

引き寄せるのは、強く願う心と少しの勇気。

「……魔女修行、ね」

呟いた言葉の響きは、炭酸水の小さな泡でできているようだった。

ランチタイムに入る少し前。いつもの時間に和樹はやってきた。

「こんにちは。昨日はありがとうございました。とても楽しかったです」

「いらっしゃいませ。こちらこそ、ありがとうございました」

普段と変わらない様子の和樹に万結も微笑んで答えた。

ティーンエイジャーのように一挙手一投足がぎこちなくなったらどうしようという心配は、和樹の顔を見たら霧散(むさん)した。さすがにそんな初心(うぶ)な気持ちはとうの昔に賞味期限が切れていたのかもしれないし、仕事中のせいもあるかもしれない。

どちらにしても、和樹の微笑みはドキドキするよりほっとする。

「和樹先生」

源助命名の「和樹くんランチ」が出てくるのに合わせてハーブティーの用意をしていると、庭にいた実乃里が和樹の隣にやってきた。

「……万結ちゃんと、魔女修行するの」

「魔女修行、ですか」

何の前置きもなく始まる実乃里の話にも慣れたのか、和樹はすんなりと受け入れて問い返す。実乃里は大きく首を縦(たて)に振った。

「サシェを、作るの」

「サシェ？」

「こういうの」

実乃里がポケットから出したものを受け取って、和樹は真面目な顔で眺めていた。

「匂い袋ですね。とてもいい匂いです」

「においぶくろ？」

「日本にも昔から匂い袋といって、香りを持ち歩けるようにしたものがあります。香料の元になるものを粉末にして、きれいな布で作った袋に詰めて作るんです。ずっと昔の日本では衣類だけでなく、手紙にも香りを付けたようですよ」

「手紙にも？」

「ええ。香りで誰からの手紙かわかるなんて趣がありますね」

「いいにおいの絵も、できる？」

「そうですね。紙に香りを付けられるのだから、できるかもしれませんね。花の絵に花の香りがあったら面白いですね」

実乃里の目に光が灯る。

そうか、和樹は否定しないのだ。だから実乃里はたくさん話す。絵画教室のメンバーもそうだ。和樹自身は口数が多い方ではなく、もっぱら聞き役になっているけれど、こんなふうに話題に乗ってくれるから話している方も気詰まりにならない。

弓越の跡を継ぐときに学んだのかもしれないが、もしかしたら、営業職にでもついていたことがあるのだろうか。そういうスキルがあるような気がした。頭の中で和樹にいかにもサラリーマン風なスーツを着せてみる。にこやかに名刺を差し出す姿を想像したとき。

「僕も魔女修行をしてもいいですか」

突然、和樹が万結に言いだした。

「え?」

「いや、男は魔女とは言わないな……。魔法使いでしょうか」

「あの……」

「うん。和樹先生も、いっしょに修行しよう」

断ろうとした言葉を遮って実乃里が言い、あれよあれよという間に話が進んでいった。

「では、毎週火曜日の昼に、僕の家で」

「うん」

「万結さん、大丈夫ですか?」

「あ……はい」

急に顔を向けられて慌てて万結が答えると、うれしそうにこちらを見ていた実乃里が、はっとしたように和樹を見上げた。

「和樹先生、ここに、絵をかきたいの」

「サシェに、ですか」

「そう。白い布で作って、そこに、きれいな絵をかくの。できる？」

「布に絵を描くということですね」

和樹は少し何かを考えるような間を空けたあと、おもむろにポケットから白いハンカチを取り出した。

「そういえば、実乃里さんに預かり物をしています」

広げられたハンカチにはデイジーと蝶の刺繍があった。淡い紫と薄桃色の花々が流れるようにデザインされ、深い緑の茎と葉がうまく全体を引き締めている。数羽の黄色い蝶が気ままに楽しげに舞っていた。複数の刺繍糸を交ぜてあるのか、微妙な色合いがまさに絵画のように美しい。

「わぁ……きれい」

「洋子さんからです。フランス刺繍というのだそうですよ。お孫さんの学校の役員の方々に頼まれてバザーに出品するんだそうで、絵画教室のメンバーにもくださったんです。ほんとうは洋子さんが自分で実乃里さんに渡したかったようですが、しばらくバザーの準備で教室に来られなくなってしまって、僕が預かってきました」

万結は、絵画教室での割烹着を着けた洋子の姿を思い浮かべ、上品で優しい洋子のイメージ通りの刺繍だと思った。丁寧な仕上がりも洋子らしい。

差し出されたハンカチを両手で受け取って、実乃里はそっと刺繍に触れている。

「糸で、布に絵をかいてるみたい。絵の具とかじゃなくても、こんなにきれいな絵がかけるんだね。色も、すごく不思議な色」

「そうですね。絵はいつでも自由です。どこに何を使って描いても」

「和樹くん、お待たせ」

厨房から源助が『和樹くんランチ』を持って出てきた。万結が受け取ってハーブティーを添えて和樹の前に出す。

「どうぞ」

「ありがとうございます」

和樹がカップを手に取ったとき。

「万結ちゃん、ししゅうってできる?」

実乃里が言いだした。

「もしかして、フランス刺繍をしたいの？」

うん、と大きく頷かれて、万結は内心頭を抱える。

刺繍はできても、図案が描けない。本に載っている図案をチャコペーパーで写し取るだけでも、どういうわけかうまく形がとれないのだ。さて、どうしよう。

くすっと和樹が笑う。

「僕も修行仲間ですよ」

顔を上げると、意味ありげな笑みを浮かべて和樹がこちらを見ていた。万結が困っていることを察したのだとわかって苦笑を返す。ごくたまに、和樹はちょっとだけ意地悪だ。

「もしかして、図案を手伝うって言ってくれています？」

「必要とあらば」

「ぜひとも」

実乃里が目を輝かせてふたりを見上げている。

「あとは、そうですね。ルールをひとつ決めましょう」

和樹が実乃里に向き直って言った。

「ルール？」

「ええ。修行には約束事が必要です」

「どんな約束？」

「これは、僕が弓越先生から絵を習っているときに言われたことですが、途中でやめないことです。僕らは一緒に頑張る仲間で、困ったときやわからなくなったときにはいつでもお互いに力になります。その代わり、最後までやり抜くんです。できますか？」

「うん。がんばる」

口には出さなかったが、万結は実乃里に刺繍は難しいのではないかと思った。どんな図案にするかにもよるが、ステッチによっては上級のテクニックがいる。でも、サシェを作るだけでは「修行」と呼ぶには容易過ぎるかもしれないとも感じていた。自信の大きさは、乗り越えた壁の高さに比例する。「修行」が難しければ難しいほど、それをやり切れたなら実乃里は大きな自信を手に入れることができる。でも、高すぎる壁は自信喪失にもつながりかねない。微妙なさじ加減をどうすればいいのだろう……。

「和樹先生、このお花いいなぁ」

ハンカチの刺繍を指差しながら実乃里が言った。

「可愛らしいですね」

「うん。あと、この葉っぱも入れたい」

「いいですね」

「色は、ピンクをいっぱい使うの」

「ピンクにもいろいろありますから、グラデーションにしたらきれいでしょうね」

「うん、それにする。グラデーション」

ふたりの会話を聞きながら、考えすぎるのはやめようと万結は思い直した。

できるかどうか、モチベーションはどうか、そんなことを先回りして考えてしまっては、一番大切な実乃里の気持ちと離れてしまう。そもそも修行というのは、できないことや苦手なことにチャレンジすることを言うのだから。どこまでも実乃里に寄り添って、ひとつひとつ一緒に考えていけばいいのだし、決定権は実乃里にある。

こうして「魔女修行」は始まった。

絵画教室が終わってからそのまま三人で和樹の家に向かう。森の奥のタイニーハウスはまるで秘密基地のようで、いかにも「修行」向きの場所だ。

和樹には教室の最後の安全確認や施錠（せじょう）があるから、それを待っていると誰にも見られずにちょうどいい。ほんとうは世話役の会長の仕事だったが、講師になったときに自分の方が時間があるからと和樹が買って出たらしい。

修行のことは、終わるまで他の人たちには内緒にしたいと実乃里が言い、和樹も万結も誰にも話していない。だいたい、魔女修行などということを思い付くのは実乃里くらいだろうし、自分もしたいなどと言いだすのは和樹くらいなものだろうから、内緒にしようと公表しようと万結自身はどちらでもいいと思っていた。でも。

「実乃里ちゃん、なにかいいことあるの？　なぁんかソワソワしてる感じがする」

彩菜（あやな）に言われてぶんぶんと首を横に振っている実乃里を見ていたら、たしかに黙っていた方がよさそうだと気が付いた。

相変わらず和樹のことが大好きな彩菜や、面白いことが大好きな会長は、きっと見過ごすことなどできないだろう。大切な実乃里の応援のための時間は、純粋にそれだけのために使いたい。もっともふたりが知ったとしても邪魔してくることはないだろうけれど。

「彩菜さん。芸術祭の作品、そろそろ仕上げにかかりましょう。少し見ましょうか」

「え～実乃里ちゃん怪（あや）しい～」となおも聞き出したそうにしている彩菜に、和樹が声をかけてきた。めったに自分から絵を見ようとは言わない和樹に笑顔で言われて、彩菜はぴょこんと飛び上がり、「はい！　お願いしまぁす！」と目をキラキラさせて実乃里から離れ、すごい勢いで準備を始める。

いつものように部屋の隅から眺めていると、ふっと和樹と目が合った。その目に万結だけがわかるように微笑まれて、これは実乃里のためだったのだとわかった。和樹はすぐにくるりとむこうを向いてしまったけれど、万結は何とも言えない甘酸っぱい秘密を抱えたような気持ちになる。

『イケメンは違うねぇ』

頭の中で源助がにんまりと笑った。

まだ裁縫の経験がなかった実乃里のために、一回目の修行は針に慣れることから始めた。同時進行で使うハーブを決める。

「万結ちゃんの、服のにおいがいい」

どんな匂いにするか考えてみた？　と訊ねた万結に実乃里は答えた。

「ラベンダーね。園田さんからもらったのは柑橘系の匂いだったけど、ラベンダーでいいの？　ブレンドしたかったら一緒に考えるわよ」

「園田さんのサシェも好きだけど、万結ちゃんの服が、とってもいいにおいだったから。夏のはじめとか、冬のはじめとか……そういうときのにおいが、好きだったの」

衣替えのときだと万結は思った。衣類に残った防虫剤代わりのラベンダーの香りが、幼い頃の実乃里の記憶に強く残っていたのだろう。

うまくドライハーブにできていれば、ラベンダーは扱いやすい。初心者の実乃里にはぴったりのハーブかもしれない。万結のサシェを何度か見たことがあるし匂いも知っている。完成のイメージもしやすいだろう。

「わかった。じゃあ、わたしのとっておきのラベンダーをあげる」

「とっておき？」

「そう」

「どうして、とっておきなんですか」

万結がテーブルに並べかけていたランチを、一緒に並べながら和樹が聞いた。

「育てるのが難しい品種なんです。香りが強くて乾燥させても花色が変わらないので、ポプリやサシェにはとてもいいんですけど」

「同じラベンダーにも、いくつも品種があるんですか」

「ええ。ラベンダーには主な品種で五種類くらいあるんですよ。なかでも、アングスティフォリア系と呼ばれるラベンダーは、寒さにとても強い代わりに暑さに弱くて、日本で育てるには手がかかります。北海道に群生しているのはこの系統ですけど、この辺りではプランターでなければ難しいと思います。わたしが育てているのは、そのアングスティフォリア系のラベンダーなんです」

「なるほど、それでとっておきなんですね。……品種改良をしたりはしないんでしょうか」

　まるで戦略を練る経営者のような顔つきでぽそりと言うのがおかしい。

「ありますよ。リトルマミー、ですか。ずいぶんと可愛らしい名前ですね」

「リトルマミー、ですか。ずいぶんと可愛らしい名前ですね」

　和樹がふわりと笑んだ。

　話すのが楽しいと思っている自分に、ときどき気付く。和樹ならどんなふうに考えるだろうかと気になることもある。

　最近の和樹は、嘘をつかない。

「万結ちゃん、お茶もいれたよ」

　実乃里の声にはっとした。

　テーブルにはすっかり準備ができたランチがある。

「どうもありがとう」

　初めて一緒に食べたときのように、三人でテーブルを囲む。そうして、初めてのときのように一緒に「いただきます」と声を揃えた。

　和樹の家での修行中は、実乃里がみんなの飲み物を用意することになっている。これは和樹の提案だった。押し付けることなく、うまく実乃里を挑戦する気持ちにさせてくれた。

ハーブティーの淹れ方は万結が、コーヒーは和樹が教えた。実乃里は小さな手帳にメモを取り、それを見ながら一生懸命淹れている。準備と後片付けも実乃里がひとりでする。こぼしたり失敗したりすることもあるけれど、それもまた大切なことだと万結も和樹も思っていた。「大丈夫」「もう一度やってみよう」笑顔で言えば、実乃里は迷わず頷いた。ここでは最後までやり抜くことだけがルールだ。

ランチは万結が作って持ってくることにしている。もともと料理は好きだから苦ではないが、メニューに注文をつけることもなくおいしいおいしいと喜んで食べてくれるふたりのことを、あれこれ思いながらキッチンに立つのがこんなに楽しいなんて想像もしていなかった。

今日は、普段のランチがサンドイッチばかりの和樹に、たまにはとおにぎりを作った。中身をいろいろ考えて、いつもはサンドイッチの具になっているものをアレンジしてみることにする。焼き鮭をほぐして骨を取りご飯に混ぜ、そこへみじん切りにしたディルとゴマを入れ、めんつゆで味を整えてできあがり。俵型に握って海苔を真ん中にくるりと巻き付ける。おかずには玉子焼きと鶏肉の照り焼き、実乃里の好きなブロッコリーとトマトのサラダ。デザートには梅ゼリーにシソジュース。

万結はランチボックスや重箱にたくさん詰めるのが好きだ。自分のための一人分の料理もつまらないわけではないけれど、誰かのために作る料理はその人と思いが太く繋がるような感じがして、それをたくさん詰めているとどんどん心が満たされていく。

「どれもおいしそうですね。おにぎりの香り……ディルかな。いい匂いです。サンドイッチだけでなくおにぎりにも合うんですね」

意外ですと言いながら開けた和樹の口に入る直前で、ぽろっとおにぎりが形を崩した。万結があっと思う間もなく、再び開けた和樹の口に入る前にさらに崩れ、そのままポロポロと落ちてゆき、わずかなかたまりを残して、さっきまでおにぎりだったものは皿の上に小さな山を作った。

一瞬のできごとで、和樹は口を開いたままだ。

「……すみません。あの、握り方が弱かったみたいで……」

頬に熱が集まるのがわかる。

和樹は手に残った分を口に放り込んだ。

「うん、おいしいです」

「万結ちゃんのおにぎり、すごくおいしいけど、いつもポロポロするの。こうやって食べるといいんだよ。和樹先生」

実乃里が皿に載せたおにぎりを箸で口に運びながら言う。

うっかり忘れていた。どうしても力加減がうまくできなくて、おにぎりを作るとたいていこんなふうに崩れてしまう。だから作らないようにしていたのに……。

「万結ちゃんね、あんまりぎゅーってすると、おにぎりがかわいそうかなって思うんだって」

和樹がぷっと吹き出した。あははは と、和樹にしては珍しく軽やかな笑い声を上げるのを、万結はますます顔が熱くなるのを感じながら眺めた。

「万結さんらしいですね。しっかり者なのに、とても面白い」

父が母のことを言うのと同じことを言われて、顔の熱が胸にも点る。

「一緒にいるのが、とても楽しいです」

顔と胸に点っていた熱を、今度は鼓動がおかしくなった心臓が全身に運んでしまって万結は大変だ。あのデート以来、和樹はこういうことをさらりと言う。ひどく、澄んだ声で。

「たくさん食べてくださいね。いっぱいありますから」

ごまかすように重箱をふたりの方に寄せると、はいと和樹は微笑んで、実乃里は口をたまご焼きでいっぱいにしてこくんと頷く。

いい風で涼しかったはずなのに、急に暑さが増したような気がして万結はパタパタと手のひらを団扇にして自分の顔を扇いだ。

実乃里は修行以外の時間、カフェでも、千恵には内緒で家でも、教わった裁縫の復習を繰り返していて、腕前はどんどん上達していった。縫い目もずいぶんと細かくなって、等間隔に見え隠れする糸がとてもきれいだ。

和樹と一緒に図案を考えると同時に、基礎的なフランス刺繍のレッスンを始めた。

「フランス刺繍には、刺繍の基本が全部入っているの。だから初心者でもしやすいステッチがたくさんあるのよ」

万結は一通り揃えておいた道具を見せた。

「これは刺繍枠っていってね、ここに刺繍したい布を挟んで……こうして留めるの」

練習用の綿の布切れをリング状の枠に張ってネジを留める。刺繍枠にはあらかじめ細く切った布を巻き付けてある。

「どうして布が巻いてあるの？」

「こうすると、刺繍する布が傷まないの」

「ふぅん」

「じゃあ、ストレートステッチから」

実乃里の真剣な目が、説明しながら針を動かす万結の手元をじっと見つめ、ハーブティーやコーヒーの淹れ方を書いた手帳にメモを取る。

ストレートステッチ、レイジーデイジーステッチ、チェーンステッチ、フレンチノット、サテンステッチ。実乃里は飽きることなく何度もお手本をリクエストして、失敗を重ねながら根気強くものにしていった。

言葉や態度で外に向かって自分を表現するのが苦手な実乃里は、そのぶん内側の世界が広く耕されているように見える。傷付きやすい繊細さはそこから来ているのかもしれない。けれど、たとえそのために、他の子どもなら傷付かなくてもいいことで傷付き、学校に行けなくなっているのだとしても、万結には直すべきところとは思えなかった。努力家で忍耐力のある性格も、同じところから来ているような気がするし、その繊細さはむしろ実乃里の美点になるような気がするからだ。

『いまは辛いだけかもしれないけれど、いつかそれが実乃里を輝かせるものになるから、それまで一緒に見守っていく』

学校に行けなくなった理由を知った実乃里の父親が言っていたことは、そのまま万結が感じていたことだった。そしてたぶん、万結自身が両親から思われてきたことだろう。地に倒れた人間が同じ地に手をついて立ち上がるように、人は持っている苦しみの種を喜びの花に育てていくことができる……と、万結も信じたいと思った。

ラベンダーの乾燥は万結がすることにした。

時間が足りなかったのもあるし、ドライハーブを作るのは細かい注意がいるからだ。乾燥しすぎれば香りが飛んでしまうし、乾燥が足りないとカビの原因になってしまう。せめてもと、万結はできあがったドライハーブをそのまま持ってきて、実乃里に花をもみほぐしてもらった。それを乾燥材の入った小瓶に入れておく。「万結ちゃんになったみたい！」実乃里はそう言って紫の花の粒をほぐした指に、何度も鼻を近付けては匂いを嗅いでいた。

「和樹先生、文字を入れてもいい？」

実乃里が言いだしたのは、図案がほぼ完成して、そろそろ布地に写そうかというタイミングだった。

「文字ですか」

「うん。おまじないみたいに」

技術的にもスペース的にも、長い文章を入れたりはできない。いったいどうするのだろうと万結が思っていると。

「わかりました。どんな文字にしましょうか」

和樹はさして困った様子も見せずに実乃里に聞いている。

「ええと、負けない、みたいなの。強い人になるとか、そういうのをカッコよく……外国の文字とか、入れてみたい」

うん……と顎に指を当ててしばらく考えていた和樹が、そばにあった紙切れにボールペンで何かを書き込んだ。

『ｃｏｕｒａｇｅ』

流れるようなきれいな文字で書かれた単語。

「なんて、書いてあるの？」

「クラージュ。勇気という意味です」

クラージュ。勇気……。口の中で呟くように何度か繰り返した実乃里の頬が、ゆっくりと上がった。

「和樹先生、ありがとう」

「世界でひとつだけのデザインになりましたね」

「うん！」

和樹が書いたメモを見ながら、実乃里が図案の中に文字を入れた。チャコペーパーで無地の白い布に写し取り、いよいよ刺繍枠にはめて針を入れる。

図案は万結が想像していたよりもずっと複雑なものになった。サシェのサイズは手のひらほど。そこに幾つかのハーブの花が散り、小鳥がくわえる細いリボンがｃｏｕｒａｇｅという文字になっている。これは苦労するだろうと思った通り、実乃里は覚えたばかりのフランス刺繍のステッチを、細かい絵柄にのせていくのに悪戦苦闘だった。

「ゆっくりでいいから。ひとつひとつ、丁寧(ていねい)にね」

どうか、実乃里が大きな自信をつけることができますように。

万結は祈るような思いで、たどたどしい作業を見守っていた。

休憩時間には、和樹が大活躍してくれた。絵を教えてくれたり、集めてきた枝で焚火(たきび)をしてマシュマロを焼いたり焼きリンゴを作ったり。お揃いのタオルを頭に巻いて遊歩道整備の仕事に三人で行ったりもした。

人が変わるのに時間の長さは関係ないのかもしれないと、万結は思う。

刺繍が終わり、袋の形ができあがる頃には、俯いてばかりの実乃里はいなかった。出す声もぐんと大きくなった。きれいな目はしっかりと万結や和樹を見るようになった。

まるで急に何かを思い出したように、実乃里は変わっていった。

家での実乃里にも変化が見て取れたのだろう。千恵からは「いったい内緒で何をしているの？」と弾む声で何度も聞かれた。まだ秘密と答える万結の声も弾んでしまう。

　これですべてが解決していく、などとは思わない。そんなに単純なものではないことはよくわかっている。それでもここでこうして、実乃里からまっすぐに向けられる目や、はっきりした声が万結には心底うれしかった。これから少しずつ、青空に輝く真夏の太陽のような生き生きとした力強い光が、実乃里のなかで解放されていくのだろうと思うとたまらなく幸せな心持ちになった。

　最後の修行の日。

　いつも通り。特別なことは何もなかった。

　ただ、小瓶からラベンダーを出して袋にぎゅうぎゅうに詰め込んで、仕上げに赤いリボンを結び終えたとき、実乃里が満足そうにほうっと息をついて上げた顔が別人のように凛々しくて、万結は胸が震えた。

「ほんとうに、よく、頑張りましたね」

　じっと実乃里を見つめていた和樹が言った。

　実乃里の手の中で、世界で一番美しいサシェが静かにラベンダーの香りを立ちのぼらせている。薄桃色、朱鷺色、珊瑚色。優しいピンク系の刺繍糸で彩られた花々、瑞々しい緑の繊細な茎と葉。小さな青い鳥に水色のリボンの文字。

和樹も万結もわかっている。修行がこれで終わりではないことを。ここからは実乃里が自分の意志で行動を起こさなくてはならない。それはきっと、とてつもなく勇気がいるだろう。苦しい選択になることもあるだろう。

「また、いつでも遊びに来てください」

まるで卒業証書を受け取るように、実乃里が神妙な表情で和樹に頷いた。

それから数日後。

夏休み最後の日の夜、千恵から来た電話に万結は飛び上がった。

「え⁉　本当に⁉」

『本当よ。わたしたちに、夕食のときに言ったの。明日は学校に行くからって。万結ちゃんにカフェには学校の帰りに行くって電話してって』

普段通りにカフェで過ごしていた実乃里は、万結にも源助にも何も言っていなかった。安堵と不安と驚きと喜びと……あらゆる感情がいっぺんに湧き出てきて、それがぐるぐると駆け回った。とんでもなくうれしいのに同時に恐ろしい。ようやく輝き始めた実乃里の光を、また消すことになるのではないかという心配の暗雲が、万結の喜びに色濃く影を落としていた。頭では、実乃里の決断がどんなに偉大なことかよく理解しているのに。

『万結ちゃん、大丈夫だから』

万結の心の中が見えているかのように、千恵が静かに言った。

『わたしは、実乃里に一喜一憂しないって決めているの。動じないって決めているの。だから、どんなことになってもちゃんと実乃里を抱きしめるから。自分で決めて踏み出したことを、絶対に後悔させせないから』

「うん……」

『明日はできる限り早く仕事を終わらせるから、申し訳ないけれどそれまでどうかお願い』

「当たり前じゃない。……当たり前じゃない」

『うん。ありがとう。万結ちゃん』

電話が切れたあと。そのまま和樹に連絡をしようとしてディスプレイ隅の時刻表示を見た。十時を少し過ぎていて、電話をしようとした手を止めてメールを打つ。

『実乃里ちゃんが明日、学校へ行くと言っているそうです。下校してそのまま古街に来ます』

『わかりました。ありがとうございます』

時間がかかったわりには素っ気ない短い返事が来た。

『明日も、必ず古街へ行きます』

少ししてもうひとつ届いたメール。

万結には、わずかな言葉の向こう側の和樹の気持ちが、きっといまの自分と同じに違いないと思えた。


次の日。

よく眠れないまま朝を迎え、ずいぶんと早く店に着いてしまった万結がそのまま開店準備を始めていると、遅れてやってきた源助がじぃっとこちらを見た。

「ふむ……心ここにあらずだね」

「ゲンさん、おはようございます」

「おはよう、万結ちゃん。エプロン、裏返ってるよ」

「え？」

慌てて自分の体を見下ろしてぎょっとする。

「実乃里ちゃんのこと、聞いたよ。千恵ちゃんから連絡もらった。大丈夫？」

「大丈夫かどうか心配ですけど、姉さんがしっかりフォローしてくれるから……」

「違うよ、万結ちゃんが大丈夫かって聞いてるの」

「え?」

すたすたとカウンターを回って厨房に向かう途中で、ぽんと万結の肩を叩く。

「実乃里ちゃんが最初に帰ってくるのはここだからね。厳しいことを言うようだけれど、俺たちがおろおろしていたら、実乃里ちゃんも安心できないでしょ」

「……はい」

ニッと源助が笑った。

「実乃里ちゃんがここまで来れたのは、万結ちゃんが実乃里ちゃんの心に寄り添ってくれていたからだよ。理解したいと思って、一緒にいてくれたからだ。和樹くんもね。それは実乃里ちゃんもよくわかってる。だから、今日もいつも通りでいこう」

「はい」

源助の言う通りだと思った。

気にかけてもらうことも心配されることもありがたいことだけれど、ときにそれはかえって心を苦しくするものだ。まわりがいつも通りでいることが難しいときほど、そうしてくれる場所に安心する。

万結は気を取り直して、仕事に集中した。ランチタイムが一段落するまではあっという間で、今日ばかりは忙しさに感謝した。余計なことを考えずにすむ。

「昨日はメール、ありがとうございました」

店にやってきた和樹が、緊張した面持ちで挨拶よりも先に言った。

「実はかなり……穏やかではいられなくて。メールの返事もあんな感じになってしまいました。我ながら……なんというか……」

ふふっと笑いが込み上げてきたのを、カウンター越しの和樹が不思議そうに見る。

「和樹さんも、こんなふうになることがあるんですね」

「……僕も意外です。ああ、でも……この街に来てからは、ずっとそうかもしれません」

観念したような笑みが浮かんだ。

「結局、一番わからないのは自分のことなのかもしれません。だから、人に気付かされるんでしょうね」

和樹がランチを終えて、ハーブティーのお代わりを飲みながら本を読んでいたとき。

カラン、カラン。

「あ、実乃里ちゃん」

バイトの女の子の声で顔を上げると、見慣れた実乃里が見慣れないランドセル姿で店に入ってくるところだった。すぐにでも声をかけて抱きしめたい思いに駆られたけれど、まだお客さんがいる。

「お帰りなさい」

和樹がいつもの声でそばに来た実乃里に言った。続けて万結も「おかえりなさい」と言おうと口を開いた、そのとき。

一瞬、万結は自分がしている作業が頭からすっかり消えてしまった。

和樹の隣にランドセルを背負ったまま腰かけた実乃里が、声もなく涙を流したからだ。

「実乃里さん……」

すぐに気付いた和樹が名前を呼んだ。思わず呼んでしまったという感じだった。続く言葉はない。万結も何も言えなかった。

「実乃里ちゃん、こっちにおいで」

厨房から出てきた源助が小さく言って実乃里の机に促した。ぽたぽたと涙を流し続けたまま、カウンターの内側に入ってくる。そのままランドセルを机に置き、椅子に腰かける。そうして突っ伏してしまった。

「万結ちゃん、それ、淹れ直して」

耳元で源助の声がした。指差された手元には時間を置きすぎたハーブティーのポットがある。すみませんとごめんなさいを、源助とハーブに呟いて、万結は波立つ胸を押さえてもう一度ハーブティーを淹れ始めた。

実乃里はそのまま動かず、和樹は後ろ髪を引かれるように実乃里を気にしながら次の教室へ向かい、万結も懸命に仕事を続けた。

閉店までの時間がひどく長かった。

「今日はもういいよ。あとはやっとくから」

バイトの女の子たちをいつもより早く帰したあと、源助は厨房で片付けをしていた万結にも同じことを言った。そして。

「俺も終わったらすぐそっちに行くから。実乃里ちゃんを頼むよ」

「はい」

手を拭いてエプロンを外すのももどかしく、万結は実乃里のそばに急いだ。

「実乃里ちゃん」

まだ机に突っ伏したままだった実乃里がのろのろと体を起こし、ごしごしと手で顔を拭う。ゆっくりと万結に向いた顔は擦ったところが真っ赤になって、腫れぼったい目が虚ろに見えた。

「実乃里ちゃん、おかえり」

何かあったのはわかっても、どう声をかけていいのかわからない。よほど悪いことがあったのだと察しがつくのに、どんな言葉を口にすればいいというのだ。

万結はそっと実乃里の肩を撫で、背中を撫でた。

「万結ちゃん……」

しばらくされるままになっていた実乃里が掠れた声で万結を呼び、おもむろに立ち上がって抱き着いてきた。胸の下辺りにある頭を撫でながら、もう片方の手を背中に回す。次の声を待ってみたけれど実乃里は何も言わない。

「……何か、あったの？」

そのときだった。

実乃里が声を上げて泣き始めた。

それまで静かにただ流れていた涙は、万結の腕の中でどこかが壊れてしまったように、激しい嗚咽とともに流れる。

「実乃里ちゃん」

両手を背中に回して抱きしめた。泣き止むまで、こうしていようと万結は思った。待つことしかできない自分の不甲斐なさを嘆いてもしかたがない。実乃里がすがってくれるのなら、いつまでもそれに応えていこう。厨房の片付けを終えた源助も万結たちのそばに来たけれど、様子を見て何も言わず近くの椅子に腰かけた。

どれくらいそうしていただろう。

「あのね……万結ちゃん……」

万結に抱き着いたまま、実乃里がしゃくり上げながら話しだした。

「サシェね……なくなっちゃってね……」

「……え？」

「みんなの、自由研究といっしょに……ちゃんと、展示したのに。……どこかにいっちゃって……さがしたら……いっぱい、さがしたら……ゴミ箱にあったの……」

頭が言葉を理解するまでしばらくかかった。

「どうしてそんな……」

耳にしたことのないような源助の暗い呟きが聞こえ、万結はようやく意識を取り戻したみたいに我に返った。

手が震える。

呼吸がうまくできない。

心が、びりびりと少しずつ引き裂かれていくような気がした。

何か言わなくては。そう思うのに言葉が浮かばない。

「……万結ちゃん……せっかく……せっかく、和樹先生と、万結ちゃんに……いっぱい、いっぱい……もらったのに」

か細い声で言ってぎゅっとしがみ付いてくるのを、抱きしめ返すのがやっとで、そうやって辛(かろ)うじて実乃里と何かを交わしている。

幼い頃の自分を見ているようだった。

姉の千恵に、万結もこうしてしがみ付きながら泣いた。たくさん。

あふれてきそうになる涙をどうにかやり過ごす。いま、自分が泣くのは間違っているような気がした。傷付いているのは実乃里だ。一緒に泣いてしまったら、それはただの自分の感傷だ。同情なんて軽すぎる。

どこの誰がどうしてサシェを捨てたのかはわからない。けれど、そこにどんな理由があろうとも、もう取り返しのつかないことなのだ。

人は忘れる。

目の前の人のなかに、繊細で壊れやすいかけがえのないものがあることを。

そのかけがえのないものが、どれほど大きな可能性や力を持つ尊いものかということを。

そしてそれと同じものを、自分も持っていることを。

ぜんぶ忘れて礫(つぶて)を投げつける。

目の前の人のかけがえのないものを壊すと同時に、自分自身の一番大切なものさえも壊してしまうというのに。

壊れてしまったかけがえのないものは、もう二度と元通りになることはない。どんなに時がたったとしても元には戻らない。相手にも、自分にも。

そうして、後悔しようとしまいと壊れたという事実は残る。永遠に。

人はなんて愚かだろう。

長い間実乃里を抱きしめたまま、万結もまた傷付いていた。

言葉にできることなど何もない。ただ、絶対に実乃里のそばから逃げない。痛くてたまらない傷から目をそらさない。そう心に決めていた。

源助がそっと立ち上がってカウンターの向こうへ行った。すぐに、ふわりとフローラルな甘い匂いが漂い始める。オレンジフラワーだとわかった。不安な気持ちを和らげるハーブ。やがて源助の願いがこもったハーブティーが運ばれてくる。静かにふたりのそばに置かれたカップからは夢のようないい香りが立ちのぼったけれど、実乃里は万結にしがみ付いたまま泣き続けた。

『ねぇ、万結ちゃんって……魔法使い、なの？』

前にそう訊ねた実乃里を思い出す。

ほんとうに魔法使いならよかったのに。そうしたら、全部忘れさせてあげられるのに。

万結はいつまでも黙って抱きしめていた。

⑧ タッジー・マッジー

実乃里がカフェに来なくなった。

絵画教室も休んでいる。学校も。

家では落ち着いて過ごせていると千恵から聞いていた。

『一緒に乗り越えればいいだけだから、大丈夫よ。実乃里には、たくさんの味方がいてくれるんだもの』

担任の先生から謝罪と説明の電話があったらしい。サシェを捨てた子は、何かの拍子に床に落ちて埃まみれになってしまったサシェを、実乃里の作品だとは気付かずに捨ててしまったようだった。面倒くさくてよく確認しなかったのだという。

『悪気はなかったのよ。親御さんからお電話もいただいたし。お子さんにも代わってくださったわ。実乃里は電話には出ようとしなかったけど、その子の後悔している気持ちはわかったんじゃないかしら』

千恵の声は明るかった。強がりでもなんでもない。娘を傷付けたものへの怒りも悔しさも万結などよりよほど抱えているだろうに、それに染められも振り回されもしないでいる。

自分はまだまだだと万結は思った。

たとえわざと捨てたのではなかったにしても、あのサシェを誰かの大切なものかもしれないと思えない心が悔しく、残念でならない。だって、実乃里の心はたしかに傷付いてしまったのだから。どんな理由があったとしても、傷付く前には戻らないのだから。

「千恵姉さんは、動じないね」

『だってわたしが動じたら、実乃里がかわいそうじゃない。それに……ねぇ、万結ちゃん』

千恵は優しく語りかけるような口調で万結の名を呼んだ。

『実乃里があんなに悲しんだのは、自分が作ったものを捨てられたからじゃないような気がするのよ。たぶん、万結ちゃんや和樹先生が、自分のために一生懸命にしてくれたことを台無しにされたことが、とても悲しかったんだと思うの』

「……何か、わたしにできることはない？」

『ありがとう。もしまた実乃里が「古街」に行けるようになったら、そのときはどうかお願い。家以外にも居場所があることは、きっと支えになるから』

「わかった。もし伝えられたら、実乃里ちゃんに待ってるって伝えて」

必ず伝えるわと千恵は言った。

万結はもちろん源助もアルバイトの子たちも、実乃里のいない庭や机をつい見てしまっては、あぁいないのだと感じるような毎日を過ごしていた。常連の老夫妻や絵画教室のメンバーも、口には出さないけれど同じ気持ちなのがわかる。

そんななかで和樹だけがひとり違っていた。

学校での出来事をひどく落ち着いた様子で聞いたあと、急に雰囲気が変わった。古街にはいつも通りに来るものの、何か考え込んでいるようで、もともと多くない口数がさらに減り、そうかと思うと時々はっとしたように手帳に何かを書きつける。固く閉ざされたような空気をまとっている姿は、街に来たばかりの頃に戻ってしまったようだと会長が言っていた。

ある日。

ランチタイムの終わりごろ、お客さんがいなくなる時間帯を待っていたように和樹がやってきた。挨拶もそこそこに「万結さん」と、珍しく急いた調子で名前を呼ばれる。

「はい……」

「乗り込みましょうか」

「……は?」

「ふたりで、学校に」

突然飛び出した物騒なセリフに、手にしていたカップを落としそうになった。

驚く万結をよそに、和樹は二枚の紙を万結の前に置く。

一枚は小学校の行事についてのお便りのようだった。大きな飾り文字で『しろまち祭り』と書かれていて、子どもたちへの説明とアンケートの用紙になっている。もう一枚の紙には『基和樹　様』とあり、こまごまとしたタイムテーブルや見取り図などが書かれていた。どちらも差出人は実乃里の通う城町小学校の校長の名前になっていた。

「しろまち祭りでは、地域の大人たちが一日だけ先生になって、子どもたちに特技を教えるんです。縞田市はいろいろな市民教室を開いていますが、その講師はだいたい参加することになっていて、今年は僕も呼ばれました。子どもたちは自分が受けてみたい授業を第三希望まで出して、学校の方で人数調整をしてクラスを作るようです」

「乗り込む」の意味を知って、万結は全身の力が抜けるほどほっとした。ここのところの和樹の様子から、実乃里のかたき討ちでもしかねない気がしていたからだ。目の前の和樹は万結の知るいつもの和樹だ。よかったと思いながら、万結ははたと言葉を頭の中で復唱する。「ふたりで、学校に」と言ったろうか。

「あの……呼ばれている和樹さんが学校に行くのはわかりますけど、ひょっとして、もうひとりはわたしのことを言っています？」

「ええ」

和樹はいつもの穏やかな笑みを浮かべて頷いた。

「でも……わたしは呼ばれているわけではありませんし、和樹さんなら絵を教えるのでしょう？　お手伝いするにしてもわたしには無理ですよ」

「授業内容の案です」

もう一枚、和樹が今度は手書きのレポート用紙を出した。

「魔法使いになる方法……？」

「子どもたちにも、修行をしてもらおうかと思いまして」

読みやすい、形のいい文字が、魔法使いと書いているのが似合わなくて面白い。

万結はレポート用紙を手に取って目を走らせた。この夏休みに三人でした「魔女修行」をコンパクトにまとめたような内容になっている。とても楽しそうだと感じたけれど、小学校という場所でするとなると冷静な目がもっと必要かもしれない。

「どうでしょうか」

「……そうですね……面白そうですが、もしかしたら低学年の子どもには難しいかもしれません。家庭科は五年生からだったと思いますし。針を持ったことのないような子どもを大勢教えるのは大変です」

「なるほど。たしかにそうですね」

和樹は顎（あご）に指を当てて考え始めた。

「あの、和樹さんはどうして授業内容を魔女修行にしようと思ったんですか？　普通に、絵を教えるだけでも、とてもいい授業だと思います」

和樹が万結を見つめた。

「知りたいことと、伝えたいことがあるからです。僕は、実乃里さんのことがあってからずっと、一度でいいから学校の中に入ってみたいと思ってきました。学校や先生方に文句や不満をぶちまけたいわけではありませんし、子どもたちに説教したいわけでもありません。ただ、どうして実乃里さんがあんなに傷付かなくてはならなかったのか、知りたいんです。そしてできるなら、人を傷付けておいて平気でいることがどういうことなのか伝えたい」

声も目も澄んでいる。和樹に怒りはなかった。実乃里に酷（ひど）いことをした子どもを責める気持ちよりも、真実を知りたい気持ちと思いを伝えたい気持ちの方が勝っているのがよくわかる。

大切な人の苦しみを同じように苦しむことは、それだけで相手の支えになる。万結はそれをよく知っている。家族や源助がそうしてくれてきたから、万結はまっすぐに生きてこられた。自分を投げ出さずに生きてこられた。でももしも、もう一歩、大切な人のために何かできることがあるのなら——機会と術があるのなら、思い切って踏み出してもいいのかもしれない。たとえそれが直接解決につながるようなことではなかったとしても、絶対的な効果が約束できないことを理由に何もしないより、はるかにポジティブで正しい選択のような気がする。

ふと昔、源助から聞いたことを思い出した。それはみるみる形になって万結の頭の中に広がっていった。これなら役に立てるかもしれないと口を開く。

「……タッジー・マッジーというのがあります」

和樹がわずかに首を傾げた。

「小さなハーブの花束で、中世のヨーロッパで疫病が流行った時代に、殺菌や魔除けのためにたくさんのハーブを集めて作られました。……ほんとうのところはわかりませんが、タッジー・マッジーには、大切な人を守りたい真心が込められているように思うんです。きっと、自分以外の誰かのために作られていったハーブの花束なのではないかと思うんです」

「……はい」

「子どもたちに作ってもらうなら、タッジー・マッジーにしてはどうでしょう。クラスも学年もばらばらなら、きっと初めて話をするような子ども同士もいるでしょうから、クジでも作ってペアになってもらって、相手のためにタッジー・マッジーを作って贈り合うんです。たとえば……名前やクラスの他に、好きな色とか、好きな食べ物とか、あらかじめ用意しておいた幾つかの質問をし合ってもらって、相手に似合うハーブや喜んでくれそうなハーブを考えて選んでもらいます。……それだけだと足りないでしょうか」

いいえ、と和樹が笑った。

「つまりその時間だけでも、自分以外の誰かのために心と頭を使ってもらうということですね。じゅうぶんです」

「ハーブは園田さんに相談します。プライベートの畑から少し分けてもらえると思うので。残りはここから持ち出せるようにゲンさんにお願いしてみます」

「じゃあ僕は、最後に花束を包むものを用意します。それぞれにデコレーションできたら楽しそうですね」

「いいですね。きれいだし、持ち帰りやすくなりますね」

よし、と、和樹はレポート用紙や学校からの手紙をまとめて立ち上がった。

「僕はいまの話を整理して学校に授業内容として提出します。万結さん、どうか当日もよろしくお願いします」

「わかりました。精一杯、お手伝いさせていただきます」

微笑み合ったとき、厨房から源助が出てきた。手に紙袋を持っている。

「はい、和樹くんランチ。包んだから持ってって」

ありがとうございますと和樹が頭を下げた。

「だいぶ大きくなったんじゃないの、雛鳥」

「……雛鳥、ですか」

「な、なんでもないですよ、和樹さん。気にしないでください」

源助を睨むと、ぺろっと舌を出して厨房に戻っていく。なんだか最近、会長に似てきたような気がする。


和樹の提出した授業内容は、学校側が費用を負担することがなければという条件付きで承諾された。もともとそんなつもりはなかったから気にも留めなかったが、和樹は幾度も念を押されたことに何か感じたらしく、「学校というところはすべてにおいて余裕のないところなのですね」と呟いていた。

細々とした授業のための準備は、まるで待っていたかのように絵画教室のメンバーが手伝ってくれた。万結に意見を聞きながら和樹が考えたのは、ハーブの香りが逃げないようにポリエチレンの透明な袋を使ったパッケージで、様々な色や柄や形の小さなシールで自由にデコレーションして作るようになっていた。学年問わずに簡単にできるうえに、和樹がデザインしたシールがとても洒落ていてどんな好みにも合いそうだった。

「こうやって……向きを変えてテープで留めるんですが、リボンで持ち手を付けて……ほら、お土産みたいでしょう。どうでしょうか」

ほとんどの準備を終えて、最後の打ち合わせをするために和樹の家に招かれた。目の前で少しハリのあるポリエチレンの袋が三角形の四面体のパックに変わり、その頭のとんがりにヒョイと輪っかになったブルーのリボンが付いた。

「可愛いですね。少し説明すれば小さな子でもできそうですし。特別感が増しますね。だいぶ忙しかったでしょう。いろいろ大変じゃなかったですか?」

絵画教室での和樹の仕事ぶりにこれならばと思ったのか、恩師の弓越が高齢を理由に少しずつ自分の生徒に和樹を紹介し始めたため、最近は教室の他に、美大志望の学生やデザイン学校の学生にも個人的に教えるようになったと聞いていた。

「いえ、さほど手間はかかっていないんです。僕が作ったのはシール状のシートに模様を描いたくらいですから。切り出しは教室の皆さんがしてくださいました。もともとそんな仕事をしていたので、簡単なパッケージのイメージはありましたし……」

　コーヒーでも淹れましょうと、和樹が立ち上がった。

　すぐ脇のミニキッチンで湯を沸かしながら、小さな容器からコーヒー豆をミルに入れているのが見える。円筒形のシルバーのそれが和樹の大きな手にすっぽりと収まって、上に付いたバーを回すのに合わせてゴリゴリという音がし始めた。

　うっかり言ってしまったという感じだった。

　オーストラリアへ行く前は、パッケージデザインの仕事をしていたのだろうか。

『好きにやらせてやってくれって、弓越先生にこっそり頼まれててさ。しょうもない若造が来やがったら、いくら弓越先生の頼みでも聞けねぇと思ってたんだけど、来てみりゃなかなかの男だったからな。何の文句もねぇよ。教室のみんなも満足してるし。けどまぁ、あんなに絵が好きなのに、自分の絵を描かねぇのはなんか訳があるんだろうからさ、俺としちゃあ早く描いてくれるようになったらいいなと思ってるよ』

　前に、会長が万結だけに話してくれたことがあった。

　きっと弓越は、和樹が絵を描けなくなったことを知っていたのだろう。

それでも、なかば強引に、この街の絵画教室の講師に呼んだのは、和樹の才能を惜しんだからだろうか。それとも、絵から離れたままでは和樹が救われないと考えたのだろうか。

絵のことは万結にはよくわからない。それでも、教えながらたまにさらりと描く和樹の素描はとてもすばらしかった。線一本がまるで物語を語っているように見えるときさえある。一枚の絵を描き上げたなら、それはいったどれほどのものを訴えかけてくるだろう。

『今はまだ話せないことが多いけれど……いつかちゃんとお話しします。だから……』

『――よければまた、ふたりでどこかへ行きませんか』

デートの日から何度も耳の奥でリフレインする声を聞きながら、ふと和樹が絵を描けたときが、言えないでいることを打ち明けてくれるときなのかもしれないと思った。

そうしたら、そのときには――。

「どうぞ」

かたりと目の前にカップを置かれてはっとした。途端に、芳ばしい香りが立ちのぼってくる。

「ありがとうございます。……面白いカップですね」

やわらかな雰囲気のシルバーのマグカップ。持ち手が折りたためるようになっている。変わった形だなと眺めていると和樹も自分の分をテーブルに置いた。同じ形のものだったが、そちらはずいぶんと青みがかった色をしている。

「色違いですか？」

何も考えずに思ったままを言うと和樹が何か言いかけて口を噤んだ。しばらくして。

「キャンプ用のマグです。軽くて丈夫なので使っていたんですが、一つしかなかったので同じものを買い足しました。チタンという素材を使ったカップで、直火にかけると青く変色するんです。たしかに、こうして新しいものと並べるとまるで別物ですね」

特別なことを言われたわけではないのに、言外に別の意味を考えようとしてしまった。和樹は斜め横に持ってきた椅子に座ってコーヒーを飲む。伏せられたまつ毛が目を隠して表情はわからない。

余計なことは考えまいと万結は思った。いまはまだ。大事な山を無事に越え成功させなくてはならないのだ。考えるのはすべて終わったときだ。

「いただきます」

おいしいコーヒーだった。ほっとする苦みを味わいながら、胸に浮かび上がっている甘いものを一緒に飲み下す。唇に触れる金属は思っていたよりもずっと優しくてなめらかだった。

「さて、続けましょうか」

「はい」

万結は用意してきたハーブの一覧表を和樹に渡した。

当日使うおおよそのハーブだ。おおよそというのは、その日の朝の状態を見て持ってくるハーブを決めると園田が言っていたから。ハーブも生き物だから、その日によってコンディションが違う。子どものおもちゃになってしまうかもしれないとしても、初めて触れるだろうハーブは最高のものを用意したいと園田は言ってくれた。

ハーブ園まで行ってお願いしようと思っていたのに、逆に園田の方から電話をくれた。普段の業務の打ち合わせがてら源助が話をしてくれていたようだった。

『フレッシュハーブを使うでしょ？　当日の朝に届けてあげるわよ』

そんなことまで言ってくれて、恐縮する万結に、

『じゃ、冬前の仕事手伝ってよ。それでチャラでいいわ。ああ〜いや、それだとむしろ、こっちがお釣り払わなくちゃいけないくらいだわね』

と、楽しげに笑った。コロコロと何か可愛らしいものが転がっていくような笑い声が、万結の気持ちを軽くする。昔から変わらない声だった。

「ありがたいですね」

「はい。とても」

「そうすると……ひとりあたりに使う本数は減らした方がいいでしょうか」

園田のことを考えたのだろう。和樹が思案顔（しあんがお）をした。

「いえ、予定通りで大丈夫だと思います。園田さんにも本数は伝えてありますし、カフェからも少し持っていけとゲンさんが言ってくれましたから」

「そうですか。それならこのままで」

『魔法使いになる方法』の授業は申し込む子どもが多くてくじ引きになったらしい。

たしかに、子どもには魅力的なタイトルだが、圧倒的に女の子が好きそうだと思っていたら、意外にも男女比はほんの少し女の子が多いくらいだという。

「有名な魔法使いの映画では男の子が主人公ですしね。花屋さんやパティシエなんかを男性が目指すのも珍しくありませんし、憧（あこが）れる気持ちに性別はあまり関係ないのかもしれません」

分析する低めの優しい声を聞いているうちに、ふと万結は不安になった。

「まさかと思いますけど……子どもたちが、ほんとうに魔法使いが先生になって来ると信じていたら、どうしましょう」

いまさらながら、湧き出た心配事を口にすると和樹が微笑んだ。

「魔法使いなら、ちゃんといるじゃないですか」

「え?」

「僕にとって万結さんは、ほんとうに魔法使いですよ」

ぽかんとした万結を眺めて、和樹は笑みを深くする。

「ま……またそんなことを」

「奇跡や魔法は、人が救われたときに感じるものなのかもしれませんね。自分の力ではどうにもできずにもがいていた泥の中から一瞬にして救い出されたとき、救ってくれた人は魔法使いに見えるのかもしれません。あるいは、ヒーローか。どちらにしても、そういう出会いが誰にでも人生のなかで必ずあるものだと思います。ただ、それに気付くかどうか。受信機が壊れている人は案外多いものですからね」

はっとさせられる言葉をさらりと口にするところが、源助に似ていると万結は思う。

「大勢の人の気持ちが込められているタッジー・マッジーの授業が、少しでもお役に立てればいいのですが」

「すぐに伝わっても伝わらなくても、思いは必ず届くものだと思います。種を植えるみたいに。いつかはわかりませんが、植えられてさえいれば芽が出ます。ほんの小さな触れ合いや出会いが、何かのきっかけになるかもしれません」

「……そうですね。僕もそう思います」

和樹が笑った。とてもすがすがしい笑顔だった。

その笑顔を見ていたら、胸の奥から固く強く育った若葉が顔を出してくるような気がした。たくさんの優しさの光を浴びて、悲しみや苦しみにまみれても腐ることなく育ったそれは、今度は自分が誰かの優しさになろうとしている。

苦しんだ人ほど、幸せになる。

まえに常連の夫人が実乃里に言っていた言葉を思い出す。

いまの万結にはその意味がなんとなくわかった。そしてこれから自分がしようとしていることが、夫人の言う「幸せ」に向かっているような気がした。和樹も、また。


トラウマというほどのものではないと思っていたけれど、無自覚に存在するのがトラウマというものなのだと、万結は小学校の職員玄関の入り口で思った。

おぼろげな記憶のなかで、施錠(せじょう)済みの児童玄関から職員玄関に回って独り帰っていく自分が見える。遠く鍵盤ハーモニカの音を聞きながら、まるで自分だけが学校から弾(はじ)き出されたような気持ちを抱えて。あぁ自分は独りぼっちなのだなと確認するような——誰もいない暗い淵を歩いているような気持ちは、いまでも万結のなかに残っていたのだと、こうして学校という建物に入ってみてよくわかった。例年よりも厳しいと言われている残暑のせいで蒸し暑いはずの校内は、万結には寒々として感じられる。

「おはようございます。今日はありがとうございます。よろしくお願いいたします」

　和樹と玄関口で荷物の運び込みについて軽く打ち合わせていると、すぐそばの校長室から背の高い背広姿の男性が現れて挨拶をしてくれた。初老の紳士といった雰囲気の校長だ。

「こちらこそ、お招きいただきましてありがとうございます。今日はお世話になります」

　和樹がきれいなお辞儀を返して、校長にこのまま荷物を運んでもいいかどうかなどの確認をし始める。子どもたちはすでに教室に入って朝学習をしている時間で、気配はあるものの賑やかな声は聞こえなかった。

　ふと背後で女性の声がしたような気がして振り向くと、ランドセルに黄色い帽子を被った男の子が母親らしき人の手を握って児童玄関の方に向かって立っていて、それを女の先生が出迎えていた。

　ドアのガラスの向こう側だから話している言葉はわからないが、どうやら子どもは学校に行きたくないようだった。俯いたまま一歩も動かず、母親の手をしっかり握って離さない。先生は辛抱強く前にしゃがみ込んだまま笑顔で語りかけている。母親がちらりと腕時計を見た。着ている制服はどこかの会社の事務員のもののようだった。これから仕事に行くのだろうか。出勤時間が迫っているのかもしれない。

独身の万結に実体験はないけれど、身を切られるような母親の気持ちを想像することはできた。先生の気持ちも察せられる。子どもの気持ちなら、なおさら。この光景には、万結が子どものころに繰り返したものが詰まっているように思えた。男の子の姿が幼い自分に見えてくる。

あの頃の万結にとって学校へ行くことは、戦いだった。

勉強が必要なのも、自分が行かなければいろいろな人たちに迷惑をかけてしまうことも、ちゃんとわかっていた。だから行かなくてはと戦う。苦しさと怖さから逃げ出したい自分と。毎日そうやって戦っているうちに、どうして戦っているのかがわからなくなってくる。何のために、自分は歯を食いしばって、辛(つら)いだけの場所にわざわざ頑張って来ているのだろうと思ってしまう。そうなるともう踏ん張れなくなって、力尽きて、ランドセルも背負えずに部屋でうずくまった。

嘘がわかる力さえなければ――。そう数え切れないくらいに思い、願い続けた。

でもそれもただの数多くある「理由」のひとつにすぎなかったのだろう。万結だけが特別なわけじゃない。あの男の子には嘘がわかる力などないだろうに、あんなに苦しんでいる。実乃里だってそうだ。そして、きっと他にも大勢の、あの子や実乃里のような子どもがいるのだろう。かつての万結のような子どもがいるのだろう。戦う子どもがいるのだろう。

　外側が小さな子どもであったとしても、内側の苦しみや葛藤の大きさが大人に劣ることなどない。むしろ、経験という武器のない戦いに挑む分、剝き出しの心はどれほど傷だらけになっていくだろう。

　その子のそばには、百代のように抱きしめてくれる人はいるだろうか。源助のように信じてくれる人はいるだろうか。魔法使いは、いるだろうか。

「万結さん、行きましょう」

　和樹の声が、薄暗い湖に沈む思考を引き上げた。ざばっと、凍える水面から顔を上げたような気持ちになって大きく息をつく。

「はい。ええと……荷物も一緒でいいんですね」

「ええ、台車を貸してくださるそうですので、一度に運んでしまいましょう」

　園田が箱詰めして届けてくれたハーブや、今日のために準備をしてきた細々としたものを台車に載せ、一階奥の『第二多目的教室』とプレートのある教室に運び込む。普通の教室よりも一回り大きな造りになっていて、黒板の前には立ち作業用の細長いワークテーブルが二卓並んでいる。子どもたちの机と椅子もざっと見て四十ほどある。

「ハーブとラッピングでひとつずつのテーブルでよさそうですね」

和樹が言いながら手際よくテーブルに荷物を置いた。

三時間目、十時三十五分から始まる『しろまち祭り』まで二時間ほど。

「大丈夫ですよ」

「え？」

「僕が、そばにいますから」

何も知らないはずの和樹が、真剣な顔で言った。

「……もしかして、ゲンさんから何か聞きました？」

「いいえ、何も。万結さんが不安そうな顔をしているように見えたので」

「そう……でしょうか」

俯いて自分の頰に手を当てると、いつもよりもずいぶんと冷たい。

和樹が何か言いかけてやめたのがわかった。最近、そういうことが多い。または、うっかり語るつもりのなかったことを言ってしまって続く言葉を飲み込むことが。とても気を付けて話していると感じる。

最初は、もしかして源助が力のことを教えてしまったのだろうかと疑ったがそうではなかった。今日も、幼い頃の万結のことが――学校に馴染めずにいたことが、源助から和樹に伝わったのかと疑った。

「僕はほんとうに何も聞いていませんよ。ただ、職員玄関に入ったとき、少し様子がおかしいなと感じたので。……大丈夫ですか」

「ご心配おかけして、すみません。大丈夫です」

じっと見つめられている。湖は大きくて深いほど静かだ。和樹の瞳はそんな湖を思わせた。冷たく凍えるはずの湖が、万結を温かく包み込んでくれる。

「無理をさせてしまうかもしれないと思わないわけではなかったのですが、僕の我が儘で万結さんと一緒に来たかったんです。あなたとだったら、きちんと授業ができる気がしたから。辛いことがあるのかもしれませんが、僕といてくれますか」

辛かったら帰ってもいい、そう言われなかったことが万結の安心感を増した。

優しさには幾通りも形があって、ぴたりと合うピースはそれぞれ違う。遠ざける優しさではなく強く手を引く優しさを選んでくれたことが、万結はとてもうれしかった。

「もちろん」

和樹へ笑いかけたとき。

チャイムが鳴り、廊下が騒がしくなった。

あちらこちらで、ばたばたとたくさんの足音が響いている。

「わ、すげぇ」

教室の後ろから声がした。見ると、数人の男の子が連れ立って入ってきていた。

「こんにちは。好きな場所に座ってください」

和樹が声をかける。

本物じゃね？　バカ、本物のわけねーじゃん。でもさ……。小声で言い合いながら席に着く。次から次へ、同じような調子で子どもたちが集まってきた。

始業のチャイムが鳴る少し前には広い教室の席がすべて埋まり、ちらちらとこちらを見る小さな顔と、ざわざわとしたさざ波のような話し声が満ちた。

黒板にはこの授業ですることが簡単にまとめられている。和樹がイラストを添えてくれたので、低学年の子どもが見てもだいたいのことはすぐにわかる。だからかもしれない。さざ波には期待の込められたものばかりではなく、落胆の声も混じっているようだった。思っていたのと違う、そんな感じの。

無事に成功するだろうか……。

チャイムが鳴って、和樹が子どもたちを見渡した。

「こんにちは。この教室では、魔法使いになる方法を教えます」

学年の小さな子どもたちがそわそわしだした。

「僕は、基和樹といいます。こちらは坂町万結さん。僕たちは魔法使いになるために修行をしています。今日は、皆さんにそれを伝授しようと思います」

ざわめきが大きくなる。和樹が続けようとしたとき。

「えーじゃあ、まだ魔法使いじゃないいんじゃん」

ざわめきを割って、女の子の声がした。一番後ろに座っている子だ。視線が集まるなか、彼女の両脇に女の子があとふたり。にやにやした顔つきでこちらを見ている。仲間のようだ。引っ掻き回してこちらの出方を見てやろう、そんな斜に構えた匂いがした。

五年生……いや、六年生だろうか。本気で魔法を教えてもらえるなどとは思っていないだろう。それでも面白そうだと思って参加しているならいいけれど、彼女からはそんな無邪気な好奇心は少しも感じられない。

「だいたい、ハーブの束を作るだけとか、魔法使い関係ないし」

まだ子どもらしい高くて可愛い声がひどく棘のある言い方をする。胸の辺りがほの赤い。息が苦しくなるような色。この色には覚えがある。小学三年生のとき、万結と取っ組み合いになったクラスメイトの色だ。脳裏に、涙を溜めて顔を歪めた姿が浮かぶ。

万結は気付かれないように、きゅっと自分で自分の手を握った。

「なるほど。では、きみの思う魔法使いは、どんなものですか」

まるで変わらない様子で和樹が微笑んで言った。その反応が意外だったのだろう。女の子の赤いもやがわずかに薄くなる。

「……ホウキで空飛んだり、杖持ってなんかするんでしょ」

「他にそう思う人はいますか」

柔らかな声に、ぱらぱらと半分ほどの手が挙がった。

「たしかにそうですね。映画や本の中の魔法使いはそういうことをします。でもあれは相当に修行を積んだ上級の魔法使いがすることです。きみたちは、まずは魔法使いの基礎を学ぶことから始めなくてはなりません」

いつもよりも少しばかり芝居がかった話し方と和樹の持つ独特の空気が、教室を不思議な雰囲気に変えていく。なにそれ、という反論は聞こえなかった。

「その昔、特別な知識を持つある人たちは、自分と自分の大切な人たちが健やかに生きられるように、その豊富な知識を使いこなしました。人々の心を癒したり、病気や怪我を治したり、あるいは逆に悪人をこらしめることもできたかもしれません。人々にとってそれは頼もしくも恐ろしい力でした」

教室はしんと静まり返っている。一年生や二年生には難しい言葉もありそうなのに、騒ぎだす子は誰もいなかった。件(くだん)の女の子たちも、黙って和樹を見つめている。とりあえず聞いてみてやろうというところかもしれない。

「今日みんなで作るタッジー・マッジーは、ただのハーブの花束ではありません。魔法使いになるのに必要な条件の、一番最初をクリアするためのものです。自分の想像力をしっかり働かせて作ってみてください」

では坂町さんから詳しい説明を。と促され、万結は黒板に書いた手順にそって、タッジー・マッジーの歴史やハーブの名前、効能を付け加えながら話した。くじ引きのペア作りも席の移動も、予想していたよりもずっとスムーズに終わり、万結は見本代わりにひとつタッジー・マッジーを作ってみせた。

「わからないことがあったらいつでも言ってくださいね。花束ができたら、ラッピングをして完成です」

では始めましょうと言うが早いかペアになった同士が質問タイムを始めて、教室の中は一転、賑やかになった。あらかじめ渡してあるシートには質問の例がいくつも書いてあって、その中から選んで相手に質問をする。好きな色やテレビ番組なんていう答えやすい質問ばかりなおかげか、あちこちで楽しそうな笑い声も上がっている。自分のためではなくて、相手のためにタッジー・マッジーを作るのも、抵抗なく受け入れられたようだった。

ただひとりを除いては。

「なんで自分で自分のを作ったらダメなの」

あの女の子だった。

くじ引きで分かれた他のふたりの女の子は自分のペアになった子と楽しそうに話していたけれど、彼女はむすっとした表情を隠そうともせずに文句を言っている。向かい合わせに座っているのは低学年の女の子で、どうしていいのかわからない様子で固まっていた。

このままではかわいそうだ。でも、万結には文句を言っている彼女の方が気になった。赤いもやは胸だけでなく肩からも立ちのぼり、声にはノイズが混じっていた。

「和樹さん、わたし……」

「そうですね。あの子についていってあげてください」

小声に小声で返されて、どうして言いたいことがわかったのだろうと思ったとき。

ガタッ。

大きな音がしてはっとそちらを見ると、あの女の子が教室を飛び出していくのが見えた。とっさにそれを追いかけて万結も教室を出る。

教室を出てすぐのところに階段があるせいで、女の子の姿はもうなかった。ここが一階だから上に行ったのは確かだったけれど、なぜか万結には、彼女の行き先がわかるような気がした。その感覚を追いかけていく。渡り廊下を過ぎて階段を降りた先で嘘のもやを見るときのような、密度の高い空気を感じた。中庭に続く扉が開いている。近付いてみると、その向こうに誰かいるのが見えた。あの女の子だ。

「はぁ……やだ、こんなに必死に走ったの、久しぶり。あ、廊下は走っちゃいけないんだっけ。内緒にしてね」

すっかり上がった息を整えながら、コンクリートの階段に腰を下ろしている女の子の隣に座る。嫌がってまた逃げてしまうだろうかと様子を見たが、女の子はじっと座ったままだ。何度か深呼吸を繰り返して、万結はやっと声をかけた。

「いい天気ね」

自分でも驚くほどするりと言葉は出てきた。ふと目に入った空がほんとうにきれいだと思ったからだ。

返事はない。むすっとした横顔が黙って下を向いていた。足元に這うように生えている草の葉を引きちぎって放り投げる。幾度もそれを繰り返した。

「それ、カタバミっていうのよ。種が面白くてね、触ると弾けるの」

引きちぎる手が止まった。小さく目が動いている。種を探しているのだと思った。

このままそばにいても会話になるかどうかわからない。でも万結は、いまここを離れてしまったらこの子が大人への不信感をひとつつのらせるような気がして、居心地の悪さに浮きそうになる腰を押し留めた。「どうせわたしのことなんてどうでもいいんでしょ」そんな声が、聞こえてくるような気がしてならなかったからだ。

ただの思い過ごしかもしれない。そうだったなら、それが一番いい。

どれくらいそうして座っていただろう。

「わたし、坂町万結っていうの」

「聞いた。さっき」

再び声をかけてみると、すぐさまぶっきらぼうな返事が返ってきた。なんにせよ、返事があるのはうれしいことだ。

「そうだったわね。あなたの名前は？」

「……山本日葵」

「ヒマリちゃん？　可愛い名前ね。どんな字を書くの？」

「日に、葵。ヒマワリから『向』くって字をとったやつ」

「字も可愛いのね。日葵ちゃん、か」

ぼんやりと前を向いてぼそぼそと答えていた日葵が、急にぐっと自分の膝を抱える手に力を込めたのがわかった。

「なんで怒んないの？」

「え？」

聞こえてはいたけれど、意味がよくわからずに聞き返す。

「先生はみんな怒るよ」

ああ、そうか。そういうものだろうなと納得する。授業にまともに参加しようとしないどころか勝手に教室を出ていくなんて、先生なら叱って当然かもしれない。

でも、万結には嘘が見えるから。本当の気持ちも、どうしてこんなことをするのかもわからないけれど、本心ではないのだけはわかるから。

「……だって、わたしは先生じゃないもの」

日葵が万結を見上げてきた。

「ふつう、大人は怒るでしょ。なんで言うこときけないのって、絶対怒るじゃん」

イライラとした口調で言いながら万結を見つめている。温度のない眼差しだった。

試されている。そんな気がする。

「じゃあ、わたしは普通の大人じゃないからかもね」

「魔法使いだとか言ったらぶっとばす」

ふふふと思わず万結は笑った。ひどいノイズだ。

「日葵ちゃんは、魔法使いっていると思う？」

「いるわけないじゃん、そんなの」

「わたしも、そう思ってた」

「え〜？　あんな授業したくせに？」

「まだ、出会ってないと思ってたから」

「なにそれ」

「出会っていたことに、気付かなかったのよね」

　ワケわかんないいんだけど、と、小さく声がして、ふん、とまさに鼻で笑うといった感じで笑われた。

　ひとことで言うなら、感じが悪い。人を馬鹿にしたような言葉も口調も。でもずっと聞こえているノイズや見えている赤いもやは、言葉の外にほんとうの心があることを告げている。悪ぶるとか背伸びするとかそういう表面的なものではない、もっと心の深いところに抱えているものから出てくる態度。

　万結は、日葵を教室に連れ戻そうと考えるのをやめた。たぶん、万結のなかにそういう気持ちがあるうちは、日葵はここから動かないのではないだろうか。彼女の深いところへ下りるには、自分自身が深くまで心を開かなければならない。

日葵は膝を抱えたまま、再び下を向いてカタバミをじっと睨むように見つめている。

教室から子どもたちの声がする。たくさんの教室。たくさんの子どもたち。

たくさんの中のひとり。たったひとり。

独りぼっちに当たる光は、とても弱い。降り注ぐ光の中に飛び出していける子どもには
じゅうぶんな光が与えられても、大勢の片隅で膝を抱える子どもはどうしたって陰に隠れ
てしまう。光の中の子どもたちを遠くから、ただ見ているだけのひとり。

とても悲しい。けれど、誰も悪くない。

日葵はあの頃の自分かもしれないと、万結は思った。万結には理解しようとしてくれる
家族や源助たちがいた。その光が、万結をまっすぐに育ててくれた。倒れないための太い
根や折れない茎を育ててくれた。だから、いまは笑っていられる。日葵はどうだろう。

「もし魔法使いがいるんだったら……赤ちゃんに戻してもらう」

唐突に日葵が言った。小さいけれど、はっきりしたノイズのない声だった。

「赤ちゃんに、戻りたいの？」

「そう」

「どうして？」

「……べつに。なんとなく」

ザザッとノイズが混じった。

まだわずかしか生きていない人生を、もう一度やり直したいと思っているのだろうか。いまあるものをすべて放り出してしまいたいということだろうか。それとも、もっと別の。日葵がどんな思いで言ったのかはわからない。ただ、万結には泣きたくなるような言葉に聞こえた。そんなこと言わないでと、目の前の小さな頭を抱きしめたくなる。いまのあなたのままでいいのだと言いたくなる。けれど、万結は日葵のことを何も知らない。じれったさと悔しさがないまぜになった気持ちが込み上げてくる。

どんな言葉をかけたらいいのだろう。

すっと涼しい風が通り抜けた。近付いてきている秋は、こうして思い出したようにきまぐれに気配を感じさせる。

ふと、和樹は今頃どんな授業をしているのだろうと思った。和樹ならこんなとき、どんな言葉をかけるのだろう……。

日葵は俯いたまま、カタバミの葉をいじっていた。今度はちぎらずに、親指と人差し指で挟んで感触を確かめるように。

「……戻ってみる？　赤ちゃんに」

びっくりした顔でこちらを向いた日葵に、万結は両手を広げて笑ってみせた。

ぽかんとした目が万結をじっと見つめている。

「抱っこくらいいいじゃない。どうせ誰もいないんだし」

ね？　と微笑む万結に、やがて日葵は呆れたような表情になって言った。

「ばっかじゃないの」

ノイズがない代わりに、胸に赤いもやがふわりと揺れた。

「そう？　わたしは日葵ちゃんのこと、ぎゅっとしたくなったんだけど」

はぁ、と息をついて、日葵はそっぽを向く。

「サカマチさんってさ、すっごくヘンだよね」

「え？　変？」

「うん。ヘン。ヘンだし……ウザい」

「ウザい」のところで、日葵の声にノイズが混じった。「ヘン」のところはクリアだったけど。

込み上げてくるままに、ふふっと笑うと。

「ほんとに、ヘン」

もう一度、仏頂面をそのまま音にしたような声で日葵が言う。その音のなかに、ほんの少しだけ何かを求めるような響きを感じて、万結は思い切って言ってみた。

「さっきの、魔法使いの話だけどね」

　ゆっくりと、日葵がまっすぐに万結を見上げてくる。

「ある人が、わたしのことを魔法使いだって言ったの。自分の力ではどうにもできずにもがいていた泥の中から一瞬にして救い出されたとき、救ってくれた人は魔法使いに見えるって。それでね、……わたしにとっては、たぶん、その人が魔法使いなの」

　日葵は実乃里とは全然違うのに、こうしてまっすぐに見つめる目がとても似ている。

　どちらも澄んでいて、必死に何かを探し求めている。

「この頃思うの。もしかしたら魔法使いは、自分のためには魔法を使えないのかもしれないって。その代わりに、誰かが魔法使いになって助けてくれる。自分自身も、誰かを助けることができる。そういう出会いさえあれば……」

　そういえば、カタバミの花言葉は「喜び」だ。

　突然思い出して小さな黄色い花を見る。誰にも守り育てられることのない雑草に「喜び」という意味を持たせるなんて、誰だかわからないけれど粋(いき)なことをする。

　喜びは日常の陰に隠れて咲いている。誰のそばにも咲いている。

　見つける人と見つけない人がいるだけのこと。

　出会いもまた、カタバミの花のようなものなのだ。

「そうだ。タッジー・マッジー、わたしが日葵ちゃんのを作るから、わたしの分を作ってよ」

日葵の瞳が揺れた。

「は？」

探るような、確かめるような、そんな目が万結を見つめる。

けして目をそらしてはならないと思った。日葵への思いを込めて微笑み続ける。

もしかしたら子どもというのは、こうやって大人の嘘を見破るのかもしれない。言葉だけをうまく連ねても、子どもの直感は大人の経験を上回ってしまうのかもしれないと、強い眼差しを受け止めながら万結は思った。

どれくらいたっただろう。日葵がぱちりと音がしそうに瞬(まばた)きをして視線をそらした。

「べつにいいけど」

心底嫌そうに言いながら日葵が立ち上がってスカートを払う。

「テキトーにしか作んないよ」

赤いもやが肩で揺れている。

「いいわよ。テキトーだろうとなんだろうと、タッジー・マッジーに変わりないじゃない」

「ヤバい。ほんとにヘン。ウザ」

「楽しみだなぁ。わたしも頑張って作っちゃうね」

「ヤバい」と「ヘン」と「ウザい」を順番に呟く日葵の背をそっと押しながら、ふたりで教室に向かって戻っていく。ザーザーというノイズを聞きながら、ノイズがうれしいと思ったのは生まれて初めてだと万結は思った。そして。ヤバくて、ヘンで、ウザい大人が、ひとりでも多く日葵のそばにいてくれたらいいと、心から願った。

わずかでも人間が集まれば、もうそこに世界ができる。

優しさや思いやりや知ろうとする気持ち……そんな想像力のない世界では、人は誰も幸せになれない。他人だけの悲しみも自分だけの喜びも、この世には存在しないのだから。そこに、魔法使いの魔法の秘密があるのではないだろうか。人間はときに救われないほど愚かになるけれど、その魔法を教え合っていけるのもまた人間だけなのだ。

実乃里のサシェを捨てた子どもも、まだ魔法を知らない子どもだろうか。すうっと吸い込んだ空気には学校の匂いがした。たくさんの子どもたちがたくさんの気持ちと事情を抱えて集まる場所。実乃里はここで、どんな景色を見ていたんだろう。

日葵の背中が温かい。実乃里の背中よりほんの少し大きな背中。でもまだまだ、頼りない。

万結には、日葵もまた実乃里のように、羽を休めなくてはならない天使に思えた。

――そして。

万結の記憶に強く残るあの同級生も、羽を休めなくてはならない天使だった。

子どもの頃には気付くことができなかったあの子の傷に、日葵の背を通して触れているような気がして、万結はそっと心の中で「ごめんなさい。ありがとう」と呟いた。最後まで言えなかった言葉。伝えられなかった気持ち。傷付けてしまって、ごめんなさい。家族に秘密を打ち明けるきっかけをくれて、ありがとう。

長い間、根雪のように万結の心にあった冷たい後悔の塊が、学校の匂いのなかで静かに形を崩していった。

教室に戻ってきた万結と日葵を、和樹は待っていたように微笑み、様子を見に来ていたらしい先生は目を丸くして迎えた。

日葵の好きな色は、紫。

万結の好きな色は、緑。

日葵の好きな教科は、理科。実験が好き。

万結が好きだった教科は、家庭科。

日葵の好きな食べ物は、イチゴ。

万結の好きな食べ物は、リンゴ――。

質問のあとにお互いに作って贈り合ったタッジー・マッジーは、ただのハーブの束ではなくて、たしかに魔法が込められていると万結には思えた。

「……すっごい、いい匂い」

小さく呟いて、日葵は万結からのタッジー・マッジーに鼻を寄せ続けた。

「日葵ちゃんのもね」

万結もまた、同じようにして鼻を寄せる。

「テキトーだよ」

日葵がノイズ交じりに呟いた。

9 ハーブの花のクリスタリゼ

実乃里がカフェ『古街』に戻った日。

それは、まるで何事もなかったかのような――あの、少なからずみんなの心に波紋を広げた出来事など夢の中のことだったかと思うほど、自然にやってきた。

来たなら「おかえり」と言おうと思っていたのに。きっと感極まってぎゅうぎゅう抱きしめてしまうだろうと思っていたのに。開店準備中にカランカランと音を立てて開いたドアから実乃里が恐る恐るというふうに顔を出した時、「おはよう」と言って万結は微笑んでいた。昨日も一昨日もそうして挨拶していたように。

「……万結ちゃん、おはよう」

ひどく呆気ない再会だったような気がした。

けれども、実乃里はとてもほっとした顔をして店に入ってきて、続く言葉も自然だ。あとから源助に、きっといつも通りの万結ちゃんだったから安心したんだよと言われて、たしかにそうだと思った。どんなときでも当たり前のように迎える。古街はそういう場所なのだ。

「おはよう、実乃里ちゃん」

だから源助もいつも通り。源助の場合は、そのいつも通りが最高に温かい。体軀に似合わないチャームポイントの笑顔が包み込むように実乃里に向けられる。

「いまちょうど、タンジーの花が咲いてるよ。見ておいで」

ずっと実乃里に見せたいと言っていたっけ……。花は間に合ったのだ。

「うん」

強く頷（うなず）いた実乃里が、カバンを持ったまま庭に向かった。千恵（ちえ）に買ってもらったハーブの本を開いて、タンジーを探し始めるのが見える。

「よかったな……。ほんとうによかった」

源助がしみじみと言った。そしてしばらくの間、大きな窓から見える中庭の実乃里をじっと見つめていた。

開店準備が進むなか、満足そうに庭から戻ってきた実乃里が言った。

「あのね、聞いたよ。タッジー・マッジーのお話」

「え？　誰から？」

「藤崎先生」

若い女の先生の顔が浮かぶ。日葵と教室に戻ったときに来ていた先生だ。「藤崎です。今日はありがとうございます」そう言って会釈をしてくれた。

「先生、タッジー・マッジー、作って持ってきてくれたの」

実乃里がカバンから取り出したのは、あの授業で作っていたものだった。一目でとても丁寧に作られているのがわかる。

「藤崎先生、担任の先生だよ」

「……そうだったのね」

もしかしたら先生は実乃里のことでわざわざ来てくれたのかもしれなかったが、万結の方は日葵との時間を優先していたから気付けなかった。申し訳ないことをしただろうか。

「先生、和樹先生のこと、いい先生だって。万結ちゃんのことも、とってもいい人だって。ふたりと一緒にいたら、きっと実乃里ちゃんは、もっともっと元気になれるから、学校に来れなくても、古街には行けるといいねって。先生、またうちにも来てくれるって」

とてもうれしそうに実乃里は言った。

ここにも、たっぷりと魔法が込められたタッジー・マッジーがあった。

「万結ちゃん、お手伝いする」

「ありがとう。じゃあ、テーブルを拭いてセッティングしてもらえる？」

うん、と実乃里は慣れた様子で仕事を始める。

今日はまるで祝うように雲一つない空。空はいつも人の気持ちに敏感だ。

開店後しばらくしてやってきた常連の老夫妻が、実乃里の姿を見つけて涙ぐんだ。ランチタイム前に入ってきたバイトの女の子たちが、思わずお客さんの前で「実乃里ちゃん！」と喜びの声を上げ、源助に「こらこら」と目でたしなめられた。いつもの時間に店に来た和樹は、はっとしたように一瞬動きを止めた。

「いらっしゃいませ」

万結が声をかけると、ようやくいつもの笑顔が浮かぶ。

「実乃里さん、こんにちは」

「和樹先生、こんにちは」

カウンターのスツールに腰かけながら、和樹にしては珍しくどう声をかけようか考えあぐねているようだった。

「和樹先生、藤崎先生がくれたよ」

実乃里がさっき見せてくれたタッジー・マッジーを取り出している。

「先生が届けに来てくれたんですね。藤崎先生はとても一生懸命に作っていましたよ。実乃里さんのことを思いながら優しい気持ちで作ったのが、伝わってきますね」

「うん。和樹先生のこと、いい先生だって言ってたよ。とってもいい授業だったたって。それとね、先生がね、言ってくれたの。実乃里ちゃんに会えてよかったたって」

「……」

とっさに言葉が出てこなかったのだろう。

和樹の口元がぐっと引きしめられて、目が伏せられた。万結にはなんとなく、和樹の気持ちがわかるような気がした。

「和樹先生、それからね……」

実乃里がとりとめのない話を始めて、和樹はそのまま穏やかで静かな聞き役になった。

朝晩少し肌寒くなってきた気候のせいかハーブティーの注文がぐんと増えてきて、万結はカウンターで忙しい。

今日のBGMは源助の友人たちがやっているバンドのCDで、ピアノをメインにしたスローなジャズだ。オリジナルを演奏しているのだと源助が言っていた。甘くて少し切ないメロディーが、今日の万結にはちょうどいい。

すべて解決したわけでも終わったわけでもないけれど、実乃里は歩きだした。

たくさんの人たちに――ヤバくて、ヘンで、ウザい、大人たちに見守られて。

「でさ、パーティーしようと思うんだよね」

源助が突然言いだした。『カフェ古街』の三十周年記念パーティー。十周年にも二十周年にもしてこなかった記念イベントを、三十周年でどうしてするのかなんてわかり切っている。実乃里が再びカフェに来られるようになったことを、みんなで祝おうというのだろう。

「いいですね。やりましょう。いつにしましょうか」

すぐに答えると、源助はニヤリと笑んだ。

「今度の火曜日にしよう」

「ずいぶん急ですね。大丈夫でしょうか」

「いいんだよ。主賓以外は来られる人だけで。こういうのはさ、ふらっと集まってもらうのがいいんだから」

来られない人からは恨みごとを言われそうだと万結は思ったが、源助には源助の考えがあるのだろう。主の思いは尊重しなくては。

「和樹先生とメンバーの皆さんに、絵画教室が終わったら店に来てくれって言っておいて」

「でも、準備が……」

「あ、それとね、万結ちゃんは準備の方は手伝わなくていいから。当日のハーブティーだけでいいよ」

「まさか、ゲンさんだけで準備するんですか？　大変でしょう？」

「いいの、いいの。ちょっとサプライズでみんなに出したいものがあるしさ。万結ちゃんには実乃里ちゃんをエスコートするっていう大事な役目もあるし」

「もし何かお手伝いが必要だったら、遠慮なく言ってくださいね」

「ありがとう。そうするよ」

人を喜ばせるのが大好きな源助は、こういうとき一番生き生きとする。そういう源助を見るのが、万結は大好きだ。

源助によって秘密裏に行われているらしいパーティーの準備に、バイトの子たちは興味津々（しんしん）だった。店の中をあれこれ調べているらしく、「どこにもないんですよぉ」と不満げに入れ替わり立ち替わり報告してくるので、万結はそのたびに「サプライズにならなくなっちゃうでしょう」と苦笑する。

当日は、実乃里と千恵、和樹や絵画教室のメンバー、常連の老夫妻が来る予定で、バイトの子たちにも声がかかっていた。もし都合が良かったらぜひ来てよと源助は軽い口調で誘っていたけれど、みんな万障繰り合わせた上で万難を排して来るつもりでいるだろう。

源助の作り上げてきた『カフェ古街』は、万結にとってだけでなく、従業員にとっても常連客にとってもただの職場や行きつけの店ではないのだと思う。何気ない日常や、当たり前になっていて気にも留めない光景、そういう道端の名前も知らない草花のような時間のなかに、奇跡のようにひっそりと幸福の花が小さく咲いている。そんなことを思い出させてくれる場所が『カフェ古街』なのだと万結には思えた。

どこかソワソワした空気が店内に漂いそれが満ちた頃、いよいよパーティーの日がやってきた。開始時間は昼の十二時きっかり。そんなところにも源助の演出を感じさせる。

「パーチーなんて洒落たもんは、何年ぶりかなぁ」

「会長、定番すぎてツッコむのもなんですけど、パーチーじゃなくてパーティーっスよ」

「留佳、こまけぇ男はなぁ……」

「はいはい、モテないんスよね」

絵画教室のある市民会館から古街までは歩いて行ける距離のため、その日はみんなで後片付けをして教室を閉め、仲良く並んで商店街を行く。和樹だけは寄るところがあると言って別行動だ。

会長と留佳のお約束の会話が出れば、クスクス笑いながら彩菜が「ね、実乃里ちゃん、お料理なにかなぁ。楽しみだね」とそばを歩く実乃里の両肩に手を載せる。

「まだまだ彩菜ちゃんは、色気より食い気だな」

そこへ諒太が余計なことを言うと、洋子がにっこり口を挟んだ。

「あら、彩菜ちゃんはまだ『可愛らしい』でいいのよ。色気なんてそのうち出てきますよ。ねぇ、留佳くん」

「まぁ、そうっスね。……あ、いや、べつに」

がしがしと頭を掻く留佳を、微妙な表情を浮かべて横目で見る彩菜。

思わずふふっと万結が笑うと「もう、笑わないでくださいよぉ」といつものように彩菜に抗議された。

実乃里が数週間ぶりに縞田絵画教室に来たときのメンバーの喜びようと言ったらなかった。絵画教室の仲間というだけの繋がりなのに、実乃里はまるで子供や孫や妹にやっと会えたというような熱量を持って迎えられた。実乃里が新学期に経験した辛い出来事を誰も知らないはずなのに、誰もがすべてを知っているかのようだった。どうして来なかったのなどと聞く者はおらず、あれこれと励ます者もいなかった。ただ実乃里がひとつ乗り越えてここに来ているということを、全員が深く理解していた。

彩菜や洋子にぎゅうぎゅう抱きしめられながら、実乃里はほんとうにうれしそうだった。実家の酒店で働く留佳はその場で紙切れに『ジュース一本無料券　リカーショップエグチ』と書いて実乃里にプレゼントし、古書店を営む諒太は『本一冊プレゼントします　滝沢古書店』と書いて便乗した。そんな二人に「全然オシャレじゃない」と彩菜は頰を膨らませ、会長は『魚一匹　魚竹』と書いた紙を渡しそこねてひらひらさせる。『魚竹』は会長の家業である鮮魚店の屋号だ。みんなに囲まれてはにかむ実乃里は、万結が久しぶりに見た、花がほころぶような笑みを浮かべていた。

店の前に着くと、そこには花束を持った常連の老夫妻がいた。

「こんにちは」

「こんにちは。少し早く着いてしまってね」

「だいぶお待ちですか？　入って座っていてくだされればよかったのに」

「いやいや、せっかく源助さんが十二時きっかりと言っていたのに、早く入ってしまってはきっと予定をくるわせてしまうでしょう」

にこにこと言いながら、万結の後ろにいるメンバーに会釈する。紳士と淑女の会釈に、彩菜がぴしっと姿勢を正した。

「あと五分くらいですな」

腕時計を見て会長が言ったとき。

「万結さぁん」

今度はバタバタと駅の方から数人のカラフルな女の子たちが走ってきた。バイトの子たちだった。どうやら全員いるようだ。若い女の子が休みの日にこんなにウキウキと集まってきてくれるのがほんとうにうれしい。

「みなさん揃(そろ)ったようですね。お店、入ってみましょうか」

洋子が言った。

なんとなく視線が集まって、万結が代表でドアを押す。

カランカランと聞き慣れた音が響いた――。

「いらっしゃい！　みなさん！」

丁寧(ていねい)にブレンドされたハーブの香りに包まれる。

そのあとから、食欲をそそるおいしそうな匂(にお)いがやってくる。

店内の至るところに庭に咲いていた花が飾られ、万結も初めて見るビタミンカラーのテーブルクロスの上には、純白の大皿に絵を描くように色とりどりの料理が盛り付けられて並んでいる。立食用にテーブルや椅子の位置が動かされていた。

たったひとりでこれだけの準備をするのはどれほど大変だったろう。

「さぁ、入って入って」

源助の声に促されて慌てて中に入った。

続いてぞろぞろと招待客が入ってきて口々に感嘆の声を上げる。

ハーブティーを淹れるためにカウンターに行くと、源助が「悪いね」と小声で言った。

「ほんとうなら万結ちゃんにもお客さんになってもらいたいところなんだけどさ、ハーブティーは万結ちゃんの方がおいしいから」

「古街はわたしにとっても大切な場所ですよ。三十周年記念のパーティーでハーブティーを任せてもらえるなんて、とても光栄です」

「わぁ、うれしいこと言ってくれるね」

源助がふにゃりと相好を崩した。

「あ、万結ちゃんのご飯はちゃんと取っておいてあるからね。好きなときに食べてよ」

頼まれてもいない会長の長い乾杯の音頭で始まったパーティーは、あっという間に笑い声であふれ返った。会長以外は初対面だった老夫妻と絵画教室のメンバーも、まるで旧知の友のようだ。

「和樹先生、遅くないですかぁ？」

ハーブティーのお代わりを淹れていると、彩菜がちらちらとドアを見ながら言った。

「寄るところがあるって言ってたけど、そんな遠いとこだったんスかね」

留佳が首を傾(かし)げたとき、源助が「あー」と頬を掻いた。

「それたぶん、俺のせいだな」

「源助さん、なんか無茶振りしたんスか？」

「いや、まぁ……ちょっとね」

「やだ、やめてくださいよぉ。和樹先生とゆっくり話せると思ったのにぃ」

「ごめん、ごめん」

どうしたんですかと視線を送ると、源助はばつが悪そうな顔をした。

「ま、そのうち来るさ。食って待ってようや。……ん、うめぇな、これ」

会長が言いながらパクっと口に入れたのは、鯛(たい)のハーブマリネ。万結が初めて源助から教えてもらった、ハーブの香りだけを使った料理。あらためて見渡すと、そこには源助との思い出が詰まった料理が並んでいる。

「今日はさ、ほんとに特別な日だからさ……」

源助が万結にだけ聞き取れるような小さな声で言ったとき。

カランカラン。

「遅くなってすみません」

貸し切りのプレートの掛かったドアが開いて、大きな荷物を抱えた和樹が入ってきた。

「申し訳なかったね、和樹くん！」

源助がすぐさま出迎える。

「あの、和樹くん。早速だけどお披露目してもいいかな」

「構いませんが……ご確認いただかなくてもいいんですか」

「確認も何も、和樹くんの仕事なら文句なんかないよ」

「……そうですか。では」

みんな何事かとじっとふたりを見守っている。

和樹が平たい箱を近くの空いたテーブルに置いて蓋を開けた。

「わぁ……すごいな。和樹くん、すごいよ」

「ありがとうございます」

「みんな、見て」

源助がひょいとその箱の中身をこちらに向けた。

そこには額縁に入った絵があった。万結には号数はわからないけれど、実乃里が使う四つ切りの画用紙くらいの大きさだろうか。会長が聞いたことのないような真面目な声で言った。

「……先生。こりゃ……なんとも……」

そこには『カフェ古街』が描いてあった。

見慣れた店構えが一面のハーブ畑の中にある。匂いと風とが絵から流れ出てくるようだ。源助の店への思いがそのまま絵になったような。温度のないはずのカンバスに温かなぬくもりがあり、音のないはずの絵の中から笑い声が聞こえるようだった。

誰もがじっと絵を見つめたまま、声を出す者はいない。

万結も、身動き一つできなかった。なんて心が満たされる絵だろう。

「記念に、和樹くんに無理言って頼んだんだよ。店に飾りたいと思ってさ。和樹くんは、俺にとっても実乃里ちゃんや万結ちゃんにとっても、特別な人だからさ……」

しんと静まり返ったなかで、グスッと音がした。

「おわっ、会長、なに泣いてるんスか」

留佳の慌てた声に音の主を見れば、片手で両目を覆った会長がグスッグスッと洟をすっている。

「だってな、先生が、絵を描いたんだぞ。ほんとに……ほんとに良かったなぁ、先生」

事情を知らない他の人たちは怪訝な顔をしていたけれど、会長は幾度も頷きながらしばらくの間そうしていた。引き継ぎの時の弓越の言葉から、和樹が絵を描くということが彼にとって大きな何かを乗り越えることに繋がっているのを強く感じ取っていたのだろう。

「会長、ありがとうございます」

和樹が微笑んだ。万結が知っている和樹の笑顔の中で、一番素敵な笑顔だと思った。


「では皆さん、ここでスペシャルメニューです」

宴もたけなわではございますが。そんな言葉が似合いそうな頃合いに、源助が突然、両手に大皿を抱えて厨房から出てきた。

「ハーブの花のクリスタリゼ・ケーキです」

万結ちゃん、切り分けるの手伝って。こそっと言われて頷く。

驚いた。あまりにきれいで。

クリスタリゼは砂糖をまぶして水分を吸収させ乾燥させる調理法だ。写真では見たことがあったけれど、実物を見るのは初めてだった。花の色がそのまま残り、まるで咲いたまま凍ったような美しさだ。

「人との出会いを、人はほとんど自分で選ぶことができません。それで苦しむ人もいる。俺はこれまで、誰よりも出会いに恵まれてきたと思ってます。だから、大切な皆さんには、うんと幸せになってほしい。……このケーキは店を出した時、特別な記念日に作ろうと決めていたものです。皆さん、これからもどうぞよろしくお願いします」

源助が、ぺこっと音が聞こえそうなお辞儀をした。自然に拍手が起こる。

万結は切り分けたケーキを皿に取ってそれぞれに渡しながら、このパーティーは源助自身のためでもあったのだと知った。でも源助が感じている気持ちはきっと、ここにいるすべての人が感じているものだ。もちろん万結も。

出会いへの感謝。人が人の中で育っていく妙。そして、人が人に傷付き自ら(みずか)も傷付けてしまう現実。人は出会いの大海の中で揉(も)まれながら生きていく。花に永遠の命を与えるクリスタリゼからは、大海の中で果たすことのできた幸運な出会いへの感謝を、永遠に忘れまいとする源助の決心のようなものを感じた。

「万結さん、ちょっと庭に出ませんか」

和樹に声をかけられたのは、ケーキを食べ終えてハーブティーを配り終えたときだった。みんな賑(にぎ)やかに話していてこちらに気付く人はいなかった。

庭に続く扉を開(ひら)けばもうすぐ夕暮れだ。すっかり日が短くなったと思っていると、

「以前に、いまはまだ話せないことがあると言ったこと、覚えていますか」

和樹が低く言った。

「……はい」

「今日は、それを聞いてもらおうと思っていました」

万結には和樹がそう言うことがわかっていたような気がした。

さっき口にしたクリスタリゼがまだ甘い花の香りを残している。

庭がグラスの中のように夕方のオレンジ色の光であふれて揺れていて、大きな窓ガラスの向こうからは賑やかな音が鈍く聞こえていた。

世界の中でここだけが、たったひとつ切り取られたような気持ちになる。

和樹がゆっくりと話しだした。

「僕の父は、ある企業の創業者で現在も社長をしています。以前に少しだけお話ししましたが、僕には姉と兄がいて、ふたりとも父の意向で経営陣に加わって仕事をしています。当然のように僕も大学を出て父を手伝うことになりました。でも、勉強のための関連会社への出向が終わったのを機に、どうしても耐え切れなくなって会社を辞めてオーストラリアへ行ったんです。忙しすぎたのもありましたし、自分を諦め続けていくのに限界を感じたのもありましたが、一番我慢できなかったのは会社を大きくすることしか考えていない父のやり方でした。以前は僕もだいぶ青臭いところがあったので……。ただ逃げただけだったと反省していますし、もっと他にするべきことがあったのではないかといまは思っています」

「……後悔していますか？」

いいえと、すぐに返事が返ってきた。

「そう思えるようになったのも、オーストラリアやここでの生活があったからです」

和樹の秘密の告白は、万結にとって驚くようなことではなかった。

ずっと感じていた遠い街の空気や都会の匂いや喧騒の気配、自然の中にいるのに溶け込めない洗練された硬質な雰囲気。そんなものがやはり間違いではなかったのだと、強い寂しさを連れて腑に落ちる。

寂しさの理由はよくわかっている。そういう境遇ならば、ここでずっと暮らすのは難しいだろうから。逃げたいと思っていた頃ならともかく、いまは家族や会社に何かあって和樹の力が必要になったら迷わず行ってしまうのではないか、そう思うから。

いい加減なことをする人ではない。万結への言葉にも嘘はなかった。けれど、万結やこの街と家族や会社を天秤にかけたとき、万結の方に傾くとは思えない。それほどの価値があると思えない。万結は小さく息をついた。

虫の鳴く音が大きい。いつの間にこんなに季節が過ぎていたのだろう。いつの間にこんなに、和樹の存在が大きくなっていたのだろう。すっかり涼しくなった夕暮れの風が、万結の髪を微かに揺らした。幾つかのハーブが混じり合った香りが流れてくる。

「本格的に、絵を描いてみようと思っています」

その香りに乗るように和樹の低い声がふわりと聞こえてきて、万結は一瞬、聞き間違いかと思った。自分に都合のいいような言葉を聞いているのかと思ったのだ。

「弓越先生に勧められているコンクールがあって。迷っていましたが出してみようと思います。それから……来年の春には、家の周りにハーブを植えてみようと思っています」

聞き間違いでも空耳でもないのだとわかっても、なんだか足元がふわふわしてきて実感が湧かない。夢の中にいるように。

絵を描くこと、コンクールに出品すること、家にハーブを植えること――それは和樹が、この街でずっと暮らすということだ。木の上で羽を休めるような暮らしではなくて、土の上に降り立ってこの街の匂いをまとって生きていくということだ。

「でも……」

万結が言おうとしたことが、和樹にはすぐにわかったようだった。

「……会社には優秀な人材が大勢います。少し悔しい気持ちはありますが、経営者としての父はすごい人ですから。いまさら会社に僕が必要不可欠になるようなことはないでしょう。家族への恩返しは、別のやり方でしていこうと思っています」

すっと視界の隅で何かが動いた。和樹の手だとすぐに気付いた。万結の前に右手が横を向いて差し出されている。

「ですので……あらためまして、よろしくお願いします」

柔らかな声だった。いつも聞いてきた声。いつも聞いていたいと思う声。

万結はそっと和樹の手を握った。大きくて少しカサついていて、ところどころ固くなっている手のひら。和樹に触れたのは初めてだと思った。なんて温かい手だろう。

こうして繋いでいてもらえたなら、迷子にならずにすむような気がした。

少しだけわかってきている。

すべてを語ることが優しさではないことも、万結の力が人を遠ざけるだけのものではないことも、万結が夢物語と思っていた世界が実はすぐそばにあるかもしれないことも。

でも――。

万結にはガラスの壁がある。相手に嘘をつかせたくない気持ちが作ったものだとしても、自分の心の内側を見せられない壁があるかぎり誰かと生きることはできないだろう。壁を越えて人を深く知るのはとても怖いことだし、ほんとうの万結を知る人は誰もいないのだ。

和樹も。ひょっとしたら、だからこうして好意を寄せてくれているのではないかとも思う。

自分は卑怯者だ。他人が見せたくないと思っている心の内側を知っておきながら、自分の心を守るために壁に隠れている。

和樹への思いと、自分が置かれている現実とに、心が引き裂かれていくような気がした。

そのとき。

「リンゴの香りがしますね。アップルミントでしょうか」

低い声が静かに言った。

思わず顔を上げた万結を見つめて、和樹の顔が緩やかに微笑んでいく。

それはとても不思議な光景だった。

『どうか苦しまないでください』

そんな声が聞こえてくるような微笑みを、万結はじっと見つめた。

ハーブはそのままでは香りを出さない。何かに触れて初めて香りを放つ。

人もそうなのだと万結は思った。

一瞬、心の奥に触れられて、いままで知らなかった感情が立ちのぼる。

「風が冷たくなりましたね。そろそろ戻りましょうか」

繋がれたままだったふたりの手。

和樹がわずかに握る力を強くしたあと、すっと万結の手を離そうとしたのを感じて、とっさに「あの」と声を上げていた。

「はい」

穏やかな笑みを浮かべたまま、和樹はその先を待っている。

リンゴの香りがする。

遠い昔、家族で食べた母のアップルミントのグラニテを思い出した。

万結が、生まれて初めて秘密を打ち明けた、あの夜。

『万結ちゃんは、万結ちゃんだよ』

千恵の声が聞こえたような気がした。

和樹は……どうだろう。

あのときの千恵と同じように、言ってくれるだろうか……。あなたは、あなただと。

黙っている万結を、和樹は辛抱強（しんぼうづよ）く待ってくれている。

少しの曇りもない、柔らかく優しい微笑み。

この人なら……この人だったら。

とくとくと鳴る鼓動を耳元で聞きながら万結は口を開く。

――わたしには、嘘がわかる力があるんです。

【参考文献】

『基礎からよくわかる　メディカルハーブLESSON　基礎知識から活用法、検定に関する項目まで…生活に役立つメディカルハーブのすべてをやさしく解説』佐々木薫著　河出書房新社
『料理に役立つハーブ図鑑』石井義昭著　柴田書店
『こんなに使える！　ハーブレシピ』七沢なおみ著　講談社
『魔女の12カ月』飯島都陽子著　山と溪谷社
『お悩み別　こころとからだを癒すレシピ　ハーブティーブレンド100』しばたみか著　山と溪谷社
『ハーブティー事典』佐々木薫著　池田書店

※この作品はフィクションです。実在の人物・団体・事件などにはいっさい関係ありません。

集英社オレンジ文庫をお買い上げいただき、ありがとうございます。
ご意見・ご感想をお待ちしております。

● あて先
〒101-8050　東京都千代田区一ツ橋2-5-10
集英社オレンジ文庫編集部 気付
新樫　樹先生

カフェ古街（こまち）のウソつきな魔法使い
なくした物語の続き、はじめます

集英社
オレンジ文庫

2020年3月24日　第1刷発行

著　者　新樫　樹
発行者　北畠輝幸
発行所　株式会社集英社
〒101-8050東京都千代田区一ツ橋2-5-10
電話【編集部】03-3230-6352
【読者係】03-3230-6080
【販売部】03-3230-6393（書店専用）
印刷所　大日本印刷株式会社

※定価はカバーに表示してあります

ISBN 978-4-08-680312-0 C0193

集英社オレンジ文庫

我鳥彩子

うちの中学二年の弟が

良識派を自負する高校生・湖子の
弟・六区は、女装が趣味の小悪魔系男子。
好奇心旺盛で興味のある出来事に
片っ端から首をつっこみ、女子顔負けの
小悪魔ぶりで行く先々で
トラブルを巻き起こして…!?

集英社オレンジ文庫

夜野せせり

星名くんは甘くない

～いちごサンドは初恋の味～

憧れの店長がいるカフェでバイトしたい
高1の小鳥。だがその店はクラスメイト
星名新の麗しき兄弟が営むカフェだった!
めでたくお試し採用となるが、
イケメンに囲まれドキドキの毎日で…!?

集英社オレンジ文庫

瀬王みかる

あやかしに迷惑してますが、一緒に占いカフェやってます

一杯につき一件の占いを請け負う
ドリンク専門のキッチンカーを営むのは、
守護霊と会話できる家出御曹司と、
彼の家を守護してきたあやかしで…?

好評発売中

【電子書籍版も配信中　詳しくはこちら→http://ebooks.shueisha.co.jp/orange/】